年月のあしあと

㈢

坂本育雄

翰林書房

目次

題字・斎藤千鶴

年月のあしあと ㈢

四月の思い出

'02・6　火の群れ　82号

82号原稿依頼に、「春の思い出は色濃いものをお持ちと思います。幼い日の風物にからめたエッセイなどお気軽に……」とあったので、「お気軽に」しかし重い話を書こうと思う。

毎年四月初旬の入学式の頃には桜が満開となる。昭和十四年（一九三九）四月九日、小学校五年生になったばかりの僕は、祖母に買って貰った自転車に乗って、僕の家から十五分程離れた、今で言えば環状8号線沿いにあった祖母の家に遊びに行った。途中の桜並木が今を盛りと咲き、実に穏かで麗らかな春の午後であった。祖母の家で生れた僕は、そこは自分の家と同じと心得、勝手に上りこみ、天井のガラス窓から日の差してくる暖かいヴェランダで本を読んでいた。北側の廊下を祖母がトイレに行く時、僕をちらと見て「おおよぐ来たな」と言って通り過ぎた。一家は秋田の出身だから家の中では秋田弁だが、若い叔母達は東京の学校に通っていたから東京弁を使い、時々親達に合せて秋田弁が交る、といった塩梅であった。因みにある国語学者に聞いた話では、同じ東北弁でも、山形や福島出身者と違って、秋田弁の訛は東京に居れば自然と消えてしまうのだそうだ。

暫くすると庭の方から祖母が娘達——つまり僕の叔母達を叱っている声が聞えた。「そんなに毛虫をこわがってどうする」という意味の言葉を秋田弁で言っていた。広い庭に春の花が沢山咲いていて、祖母と叔母達が何か庭の手入れでもしていたらしい。それから又暫く時が経った。すると突然座敷の方でけたたましい叔母達の声が聞えて来、それがただならぬ気配を示していた。それは「お母さん〳〵」と交互に叫んでいるのだが、そこには「死」という、僕が経験したことのない事態が起っているように思えた。僕は恐しさの余り、そこから一歩も動くことができなかった。しかしその叫び声はどうかするとけたたましく笑っているようにも聞えた。実際まだお嫁に行かない叔母達が五、六人もいる一家には、絶えず笑い声が響いていた。僕はそれがいつもの笑い声ならいいのに、と強いて思おうとしたが、しかしどうもそれが希望的観測に過ぎないことを本能的に思い知らされるような気配だった。僕は座敷をのぞいてみる勇気がなく、遂にこれは卑怯なことだと思いながら又自転車に乗って自分の家に逃げ帰ってしまった。すると母の所に本家（祖母の家をそう呼んでいた）から電話があったのだが、それが要領を得ないといって不審がっていた。僕は祖母の死を示唆したが、母も思い当る節があったと見え、直ぐ仕度をして、今度は母と二人で「本家」に歩いて行った。母は毛虫が大嫌いでなるべく桜の木に近寄らない人だったが、その時は桜並木道を夢中で歩いて行った。僕はちらっと、母も動顛しているのだと思った。母は歩きながら「困った、困った」と繰り返していた。僕は、悲しいとか、恐しいとか言うより、この際この「困った」という母の言葉が、その時の母の心を表すのに最も相応しいもののように思った。その時僕は、卑怯なくせに妙に冷静だと自分で自分が一寸嫌になったのを憶えている。祖母は既に息絶えていた。僕は始めて、死者の唇を、水でひたした綿でしめらせるということを知った。

けたたましい泣き声が時に笑い声にも聞えるということは、芥川龍之介の小説「枯野抄」に出ていることは後で読んで知った。

「が、この厳《おごそか》な瞬間に突然座敷の片すみからは、不気味な笑ひ声が聞え出した。少《すくな》くともその時は、聞え出したと思はれたのである。それはまるで腹の底からこみ上げてくる哄笑が、喉と唇とに堰《せ》かれながら、しかもなお可笑《おかし》さに堪え兼ねて、ちぎれ〳〵に鼻の孔から、迸《ほとばし》つて来るような声であつた。」

これは芭蕉の臨終とそこに集った弟子共の情景を写し出したものである。芭蕉は「溘然として属纊に就いたのである」で「枯野抄」は終っている。「纊」は水にしめした綿のことである。

漱石の留学

'88・12　国文鶴見　23号

ある機縁があって、この夏休みの十七日間を英国で過した。この短い貧しい見聞を機会に、従来関心のあった漱石の英国留学の問題や英国の教育制度、及びこの両者を繋ぐ所に何か問題があるのではないか、という予測を立てて考えたことをまとめてみたいと思う。

漱石はそのロンドン体験に関し、二つの対照的な回想文を綴っている。
(A)倫敦に住み暮したる二年は尤も不愉快の二年なり。余は英国紳士の間にあつて狼群に伍する一匹のむく犬の如く、あはれなる生活を営みたり。(『文学論』序〈明39〉)
(B)曽て英国に居た頃、精一杯英国を悪んだ事がある。けれども立つ間際になつて、知らぬ人間の渦を巻いて流れてゐる倫敦の海を見渡したら、彼等を包む鳶色の空気の奥に、余の呼吸に適する一種の瓦斯が含まれてゐる様な気がし出した。（「思ひ出す事など」32〈明44〉）（傍点何れも筆者、以下同じ）
漱石にとって両者共に真実だった所に、漱石の留学の複雑な意味が示されているように思われる。
日本という後進国が、西欧に追いつき追い越す使命を負わせて洋行者を海の彼方に送った時、漱石ほど暗澹たる心を以て西に向かった者はいなかっただろうと思う。無論洋行者の年齢、学問の対象、留学地等の条件を無視して単純に比較するのは危険かも知れないが、その多くは「洋行者の意気は天を突く」（箕作元八「箙梅日記」[1] 明32・9・16）底のものだったに違いない。「全く処女のやうな官能を以て、外界のあらゆる出来事に反応して、内には嘗て挫折したことのない力を蓄へてゐた」（「妄想」）と回想される鷗外の洋行が二十歳台前半だったことは頷れるが、箕作の洋行は二度目であり、漱石より五歳多く、漱石と同じく日本に妻子を残してのものだった。それでも「箙梅日記」全巻に、選ばれた超エリートとしての誇りと充実感が充ち溢れていた。すべての洋行者が輝かしい将来を約束されていたように、帰国してからの地位についても、そこには些かの不安を抱く余地はなかった。

これに対して漱石が、帰国後の東京での地位をロンドンから再三友人達に依頼しなければならなかったのは別としても、漱石には洋行者としてのエリート意識を以て、努力しさえすれば叶えられる留学の目標が一向に見えて来ず、そこから来る不安に絶えず脅かされていなければならなかった。第一、高等学校教授としての漱石に与えられた文部省の辞令は「英語研究」であって、漱石の希望する「英文学研究」ではなかった。律義な彼は留学前文部省に出向いて、上田万年専門学務局長に辞令の厳密さを問い質している。(『文学論』序)。英語研究のために留学する気の全くなかった漱石は、始めから国家の要請に背かざるを得ない、という後ろめたさを抱えて西に向かったのである。而も英文学の研究という課題すら彼にとって必ずしも自明のものでなかったのは、後に「私の個人主義」(大3)で告白した通りである。

漱石は明治の人である。明治の人として当然に国家意識——国家のために尽さねば相済まぬという——が強い。だが「民の膏血で来ておる官費留学生」(「篋梅日記」)なるが故に、飽くまで学問研鑽の目的を果そうとして節制これ力め、「便通時をえて心気爽快なり。眠る前には鉄のダムベルを振り廻すを以て、別に運動なくとも胃は健全なり。多くの病は胃より来る」（同）と箕作がその「日記書状」に記したと同じ頃、ロンドンの宿ではその胃病に苦しみ（明34・9・22夏目鏡宛）、遂には嵩じて「神経衰弱」に呻吟することになる（明35・9・12同）漱石が、「近頃は英学者なんてものになるのは馬鹿らしい様な感じがする。何か人の為や国の為に出来そうなものだとボンヤリ考へて居る」（明34・6・19藤代禎輔宛）と友人に洩らし、「小生不相変碌々別段国家の為にこれと申す御奉公を出来かねる様で実に申訳がない」（同11・20寺田寅彦宛）と嘗ての教え子にまで、その心境をやや屈折した調子で訴えるに至っていた。つまり英文学の研究と「人の為や国の為」がどうしても結びつかないのである。「英語研究」なら、フランス革命史研究が課題の箕作より寧ろその目標が明確であり、危険もなく、国家への貢献の仕方とて解り易かった。しかし東大英文科在学中から「此世に生れた以上何かしなければならん」のに「何をして好いか少しも見当が付かない」（「私の個人主義」）、抑々「文学」とは何かが不明確のまま「外国迄渡つ」てしまったその苦衷は依然として未解決だった。寧ろ漱石は凡そ「文学」なるものが、「国家の発展」には何の役にも立たぬものであることだけはよく承知していたのではないか。ロンドンにおける研究成果たる『文学論』そのものがそのことを語っているように思われる。この時既に漱石は、このような「学理的閑文学」（「文学論」序）たる文学研究を踏み超え、表面的には国家の要請に背く形で、自らが文学の創造に赴かざるを得ない怖れと予感を持ち始めたのではないだろうか。漱石は創作に踏み切った時点で、あるいは東大・一高という国家機関から身を引き、肩書きのない「全くただの人間として」（「彼岸過迄に就て」明44）新聞小説を書き始めた時、その選択を「人の為や国の為に」貢献する逆説的方法として捉えたのに違いない。無論これはまだ先の話である。しかし漱石が留学の最終段階で、人目には精神に異常を来したのではないかと映ったほどの神経衰弱に陥ったのは、単に彼独自の学問的体系を打ち建てる困難の故のみではなく、この困難が国家社会への貢献と容易に結びついて行かないという焦躁感によるものと考えられる。つまり漱石は、自己の研究そのものの意味を絶えず自らに問い続けるという、一層困難な作業を自らに課したのであって、漱石の「不愉快」の根源的原因は先ずここに求められるのでなければならない。

＊　　　＊

英国における漱石の右のような精神の劇も異様だが、その生活の様相も他の留学生には見られない特異なものがあった。私は英国で、本学から留学している山崎甲一氏に会って話を交す機会あった。その時山崎氏は欧州各地を旅行して英国に帰ったばかりであったが、氏はしきりに、漱石はなぜもっと外へ出て英国人の生活を観察したり、場合によっては英国の外に出て英国を外から眺めようとしなかったのであろうか、という疑問を投じていた。確かにそうすれば英国は相対化され、漱石の英国観にも何らかの修正が施されたかも知れない。しかし漱石には、やがて彼の弟子になる野上彌生子の「何でも見てやろう」式の貪欲な好奇心は欠けていた。彼は書籍の購入や下宿探し等の必要な用事、見学、孤独な散歩以外は、極端に外に出ることを嫌って、自閉的「下宿籠城主義」（明34・2・9狩野他三人宛）に固執した。漱石生来のミザンスロピックな性情が右の傾向を更に助長している。多くの留学生が同じ日本人仲間の集会や、西欧人からの招待を快く受け入れ、異国の生活習慣に積極的な関心を持っていたのに対し、漱石は可能な限りそのような交際を避けようとしていた。「Mrs. Edghill ヨリ tea, invitation アリ行カネバナラヌ厭ダナー」（明34・2・

16日記）――これはまことに漱石ならではの実感であろう。
ここで鷗外を顧みると、ベルリン到着直後、彼は橋本綱常軍医監から「君は唯心を専にして衛生学を修めよ」と諭され、青木周蔵公使からは、「学問とは書を読むのみをいふにあらず。欧洲人の思想はいかに、その生活はいかに、その礼儀はいかに、これだに善く観ば、洋行の手柄は充分ならむ」というアドヴァイスを受けている（「独逸日記」）。鷗外の留学生活の充実感は、この矛盾する二人の上司の忠告を、共に十二分に生かし切った所に求められる。だから鷗外の独逸での生活には、後に小説化されるようなドラマが含まれていた。[2]
ドラマと言うなら、水上瀧太郎の『倫敦の宿』[3]は、宿そのものがドラマの舞台だった。主人公柘植（水上）は漱石がロンドンを去った時から十二年後の十月にロンドンに到着した。そこから漱石の夢にも体験できなかったようなドラマ――同じ三田系の仲間や、同宿の外国人男女との間で繰り拡げられる深刻な、又時には滑稽な劇が写し出される。探した下宿に三人の若い娘がいると知って心のときめきを隠さなかった柘植は、劇にまき込まれながら、一方ではそれを冷静に観察する作家としての成熟した眼を既に備えていた。これに対して漱石は、数回の下宿探しに際し、自ら慎重にドラマを生じる可能性の少ない場所を精選したのではないだろうか。そして『倫敦の宿』で柘植や高樹（美術史家澤木四方吉）が毎日のように通って勉学に励んだ大英博物館の付属図書室にすら「本にやたらにノートを書き付けたり棒を引いたりする癖」（「自転車日記」）あることを理由にして近付かなかった。その代り下宿代を節約してまでも大量の書籍を買い込み、「心を専にして」勉強に打ち込んだのである。

このような漱石の生活態度は、彼の文学研究の方法にも見合っているように思われる。彼は作家の伝記的側面よりも、文章そのものの分析に力を注いだ。だから『文学論』[4]でシャーロット・ブロンテやその『ジェーン・エア』に触れながら、ブロンテ姉妹の生地を訪れてみるといった風の関心を示さなかった。又嘗て「英国詩人の天地山川に対する観念」（明26）において、その自然観を論じたウォーズウォースについても、詩人の住んだグラスミア湖のダブ・コティジへの言及もなく、ましてそこを訪れて詩人と自然との関係を検証しようなどというプランは持たなかった。従って塚本利明氏の、漱石がピトロクリへの旅の途次、ウォーズウォース同様愛したバーンズゆかりの地、エアに立寄ったのではないかという推測（『漱石と英国』昭62彩流社）も成り立ち難いのではないかとも思うのである。

漱石の、ドラマを避けた「不愉快な」「下宿籠城主義」による、専ら活字を相手にした悪戦苦闘から、いかにして英国を凝視し、その本質を把握し得たか、場合によっては彼の「呼吸に適する」空気のあることを察知し得たか、それが問題になる所だろう。

＊　＊

私が英国に入ってみて最初に思い出したのは、西洋が「昔臭い国だ。歴史臭い国だ」と言った荷風の「新帰朝者日記」の中の言葉である。角川文庫版『倫敦の宿』の解説で、この小説にも登場する小泉信三が、戦後四十年ぶりでロンドンを訪れた所、「ロンドンは変つたと思ふことよりも、変らないと思ふことの方が多かつた」と述べているが、これは勿論相対的な認識であるにしても、東京の如く日々移り行く姿は「歴史臭い」西欧の都市には見られない現象なのではないか。私の瞥見した所でも、ロンドンには東京に林立する超高層ビルの如き建物は殆ど見当たらず、古い寺院が所々にその重々しい姿を見せている他には、漱石が「永日小品」（明42）等で後に回想した通りの、四、五階建ての煉瓦造りのフラットが郊外にまで続いていた。漱石が最後に住んだクラパム・コモンのザ・チェイス辺は、建物、コモンを含め、八十五年前と全く変らないということである（出口保夫「ロンドンの漱石」昭60・3「理想」）。漱石が妻や友人達に書いた現存二十通以上の書簡が投函された筈のヴィクトリア朝時代の真赤な六角形ポスト（red pillar box）は、今も漱石の旧居（漱石記念館前）の筋向いに健在であり、漱石書簡に親しんだ者には特に感慨深いものがあった。

次に印象深かったのは、都会にも郊外にも、又山岳や湖の多い中部地方にも、私の見た限りでは広告や自動販売機の類がなく、国土が美しく保たれているということだった。英国人には儲けたいという気持がないのではないか、とすら思えたのである。どの町でも商店は五時で閉まり、日曜日は営業せず、パブでは酒を出す時間も限定されている。商売よりも、自分達の個人生活をエンジョイする方を優先しているように思われた。私はブロンテ姉妹の生きたハワース、ウォーズウォースの住んだレイク地方、それに古都ヨークやオックスフォードを訪れるために数日間の小旅行を試みたが、泊ったのは日本の民宿に相当すると言われる「B＆B」であり、何れも内部は近代的設備を清潔に美しく保っているが、外側は建てた当時の古い煉瓦そのままであり、それは英国全体に窺われる近代文明と古い歴史との調和を象徴しているかに見えた。客商売をするというより、遠来の客をもてなすことで、自分達の生活をも豊かにしようとする雰囲気がどの「B&B」にも溢れていた。廉価な宿料は、一面日本の経済力の然らしむる所であるにしても、そこに感じられる精神的豊かさは、日本の経済優先主義に馴らされた我々には一寸した驚きであった。(高速道路で料金をとられないのも、西欧諸国では当然だとしても日本では考えられないことだった。)

英国は近来経済成長率が低下し、大英帝国時代の国力を誇示し得なくなって来ているという。それでも上記の如き余裕と豊かさは、一面においては殖民地経営時代からの富の蓄積がもたらしたものであろうし、一面においては大英帝国から福祉小国家への転換が成功しつつあるからかも知れない。而もその殖民地の犠牲の上に獲得された富の背景のもとに、歴史的伝統となった個人主義や自由主義は、今でも英国社会に脈々と生きており、この国の社会を住み易い鷹揚な場にしていると同時に、「英国病」と謂われるような、一見マイナスの要素をも生み出しているかに見える。

＊　　＊

次に英国の教育状況であるが、これについては、ロンドン大学で長く教鞭を執っている森嶋通夫氏の『イギリスと日本――その教育と経済――』(岩波新書)から極めて興味深い教示を受けた。

英国の初等中等教育界には、ケンブリッジ大学やオックスフォード大学の出身者が多く、而も学業成績の優秀な者ほど、産業界よりも教員を志望するのだという。（森嶋氏が挙げたロンドン市内のある公認私立校の例では、五十五人の教員〈生徒七〇〇人〉が学士号か修士号を持ち、そのうち四人は博士号を持っている。）然るに教員の給料は日本と同様極めて少なく、その給与水準は、大学卒業生の収入分布の下位25％に属するということであり、大学の学業面の成功者が、卒業後の給料面での成功者ではないというのである。何故だろうか。それは恐らく、教育という事業が金銭には替えられない極めて人間的創造的営為であり、人間の個性の伸長に参与できるという喜びが保証されているからであろう。すぐれた自然的社会的環境のもと、少数の子弟に質の高い教師をふんだんに配する——これが英国の教育理想であり、教育は日本の画一的教育からは想像もできない自由な「手造り教育」となる。

（私が英国で実見した僅かな材料からも、以上のことの一端が窺われたが、その具体例については別の所で報告したい。）

森嶋氏は又、産業と教育の関係について次のように述べている。

「イギリスで大学を優秀な成績で卒業した人たちの多くは、教育を将来への投資と考えず、消費材として教育そのものをエンジョイしたがっております。彼らは、お金は儲からなくてもよいから、そんな楽しい世界に一生住んでいたいと思っております。教育が成功して、教育者や研究者としての生活が楽しかろうと学生が思うようになればなるほど、大学から産業への学生供給のパイプは、ますます細くなります。このように考えますと、イギリスの高等教育機関が産業に奉仕していないという悩みは、教育が悪いからではなくて、逆に教育が成功しているからであると見ることができます。」

これが所謂「英国病」なるものの一側面であろう。経済的繁栄を犠牲にしてでも、豊かな人間性と文化的価値の追求に生き甲斐を見出すということになれば、エコノミック・アニマルの国との競争に敗れるのは必然かも知れない。しかし果してそうなるだろうか。漱石ならいかなる認識を示すだろうか。

＊　＊

漱石の留学時代の英国は、近代工業発展の頂点にあった。「倫敦ノ町ヲ散歩シテ試ミニ唉《ママ》ヲ吐キテ見ヨ真黒ナル塊リノ出ルニ驚クベシ何百万ノ市民ハ此煤烟ト此塵埃ヲ吸収シテ毎日彼等ノ肺臓ヲ染メッ、アルナリ」（明34・1・4）と彼はその日記に記している。私がハワースを訪れた時、『嵐ヶ丘』を思わせる荒寥たるヒースの丘が延々とうち続く一方では、例の英国式の煉瓦造りの建物が侘しくうす黒く煤けた姿を晒していた。大工業都市マンチェスターの吐き続けた煤煙によるものだという。ヴイクリトア女王統治下の英国の栄光と悲惨が、肺臓を染めるまでの煤煙に象徴されている。

「倫敦塔」の冒頭で漱石は、「二十世紀を軽蔑する様に立つて居る」塔の周辺にうごめく近代機械文明の只中に立たされて、ここに二年も住めば「吾が神経の繊維も遂には鍋の中の麩海苔の如くべとべとになるだらう」という予感に戦いたことを回想している。明治三十八・九年の「断片」に漱石は「他日もし神経衰弱の為めに滅亡する国あらば英国は正に第一に居るべし」と記した。この時漱石は、近代文明の止めようもない発展の先に「滅亡」の徴表を予覚したのであるが、「現代日本の開化」（明44）では、そのような西欧近代文明に追いつこうとする日本の方が「一敗また起つ能はざるの神経衰弱に罹って、気息奄々として今や路傍に呻吟しつつある」状況にあると指摘している。一見無責任にも見える広田先生の、日本は「亡びるね」の一句も、作者漱石の中では右のような根拠を持っていたことは言うまでもない。しかし漱石のこの警告の意味を真実理解した日本人は殆どいなかったし、一九四五年に広田先生の予言が的中したとしても、戦後の日本が歩んだ道は、基本的に明治の日本が志向した線上に伸びている。近代文明の中で、個人主義、自由主義、民主主義の裏付けを持たない産業科学技術の方面のみが、西欧のそれを追い抜くかの如く、アンバランスに突出して「進歩」する現代日本の文明状況は、新しい形のより深刻な「神経衰弱」と、救い難い「道徳の敗退」(「それから」)とを伴いながら、日本全体を「敗亡の発展」(同)に導こうとしているかに見える。

「エコノミック・アニマル」や「公害」いう言葉そのものは漱石の知る所ではなかったにしても、この両者がある必然的関係で捉えられる文明状況が、日本の悲劇を招来するであろうことを、彼は長井代助に托した文明批評で予言し、「現代日本の開化」で直接公衆に訴えたのだ。漱石がその小説で描いた高等遊民はかかる状況へのアンチテーゼであるが、それこそ現代の英国が善かれ悪しかれ陥っている「英国病」の先取りだったのである。「それから」で代助が書生門野に言ったあの「もう病気ですよ」が、誇りと自嘲の複雑なニュアンスを含んでいるのはそのためである。更に高等遊民代助が、その生存の物質的根拠を、父や兄というエコノミック・アニマルの見本のような、日本の近代資本主義の形成者に仰いでいる矛盾が、「英国病」とそれを支えている殖民地経営以来蓄積された富とのアナロジーを示していることも、漱石の精確な状況認識を示すものと言えるだろう。

日本にもし救われる道があるとすれば、「日本もここらで真剣に英国病にかかることを考えるべき」（森嶋氏）なのであって、そう考えてくると、漱石が英国の下宿に「籠城」しながら、英国から何を学んで来たかが改めて見直されてくるのである。

＊　＊

漱石は多くの洋行者が陥った拝外主義者にも排外主義者にもならなかった。出口保夫氏は、私が冒頭に引用した「狼群に伍する一匹のむく犬云々」を、漱石の「被害妄想」であり「感情過多の修辞」（『ロンドンの漱石文学散歩』昭61　旺文社）であるとしているが、そう捉えただけでは、漱石の英国認識の言わば挺としての「不愉快」の真の意味を見落すことになるだろう。「不愉快」は単に英国に向けられたものであるばかりでなく、それとの比較の上で遠く故国を見据えた時の感情だったからである。

だから一方で、ロンドンの空に、漱石の生存に適する空気がある（冒頭引用文Ⓑ）という認識も真実だったということになる。それは、一は英国流個人主義や契約の思想[5]——といった近代市民社会の原理であり、一は日本の封建的土壌に欠けている公衆道徳の質の高さである。漱石は、例えば箕作が独逸人[6]の日本人に対する悪意の干渉を受けて悩んでいたような事件には出会わなかった。その代りに漱石はロンドンの人波の中で、時に言い知れぬ孤独感に襲われることがあった。それは単に異国の地に滞在していることからくるもののみではなかった。個人主義が掘り出した我執《エゴ》と孤独との関係が、後の漱石文学の主要なテーマになったのも、このロンドン経験に一つの由来を持っていただろう。一方漱石は、下層階級と思われる者にまで、公徳の訓練が行き届いていることに屢々感心している。それは西欧市民社会の成り立ちに深い根源を持っている故に、日本の「外発的開化」(「現代日本の開化」)では容易に身につけることのできない市民社会倫理の表れであった。

漱石はその英国日記に、下宿の三階で「ツク〴〵日本ノ前途ヲ考」え、「日本ハ真面目ナラザルベカラズ日本人ノ眼ハヨリ大ナラザルベカラズ」(明34・1・27)と書き、「日本ハ三十年前ニ覚メタリト云フ然レドモ半鐘ノ声デ急ニ飛ビ起キタルナリ其覚メタルハ本当ノ覚メタルニアラズ狼狽シツヽアルナリ只西洋カラ吸収スルニ急ニシテ消化スルニ暇ナキナリ、文学モ政治モ商業モ皆然ラン日本ハ真ニ目ガ醒メネバダメダ」（同3・16）と書き付けている。同じく日本の将来を憂えたとしても、歴史家箕作元八が国際情勢を分析しながら、日本に「軍備拡張」を要請（『箙梅日記』明33・6・26、7・9参照）しているのとは何という大きな差であろう。この漱石の孤独な思いは、彼のロンドンにおける英文学研究の様相がいかなる性格のものであったかをよく示している。「下宿籠城主義」が決して「象牙の塔」に立て籠ったのでないこと、彼の留学生活がドラマを生むようなものでなかったにしても、彼のこの時の内心の劇が、後の漱石文学を深く規定していることは間違いないのである。

注

1――井出文子・柴田三千雄編『箕作元八滞欧「箙梅日記」』（昭59　東京大学出版会）による。箕作の洋行は、明治三十二年九月から二ヶ年間である。引用の表記は本書に従った。
2――森於菟がドイツに留学した時にはすでに妻子があった。父鷗外は「お前のやうになってから行くのでは面白いこともないなあ」と言ったという。（森於菟『森鷗外』昭21　養徳社）

3――①「英京雑記」(大10・1~大11・6)
②「都塵」(昭7・1~昭8・4)
の二篇から成る。掲載誌は何れも「三田文学」。この小説のドラマの傍観者だった小泉信三によれば、事実の報告ではないにしても、かなり忠実に人と事件を書いている、ということである。(角川文庫版『倫敦の宿』解説)
4――ハワース(HAWORTH)。尚漱石が妹のエミリーの『嵐ケ丘』を読んだ形跡はない。『嵐ケ丘』の刊行は一八四七年だが、実際に広く読まれたのは一九〇〇年以降だからか。
5――クレイグ先生に契約外の仕事を依頼し、extra chargeを要求されて「卑シキ奴ナリ」と日記(昭34・2・12)に記したことはよく知られている。しかし、漱石が朝日新聞入社に際し、契約に厳しかったのも、英国社会から学んだことの反映ではなかろうか。朝日入社後朝日に掲載した「クレイグ先生」(明42)は、漱石の暖い好意に充ちたものになっている。
6――義和団事件で独逸人は中国人を憎み、日本人を中国人と間違えて襲うことがあったらしい。箕作は日本人が中国人と間違えられることを「迷惑で腹立しき」こととしている。(明33・8・3)これに対して漱石が「心アル人ハ日本人ト呼バル、ヨリモ支那人ト云ハル、ヲ名誉トスベキナリ」（明34・3・15）と言って中国人を重くみているのは一見識というべきであろう。

——'88・10・2

「三四郎」論

'77・4　源流　一号

今ちょっと調べている明治四十年代の小説の中で、類稀な青春小説である夏目漱石の「三四郎」について触れてみたくなった。但し、以下は掲げた標題ほどいかめしい内容のものではない。

三四郎が纏めてみせた三つの世界のうち、第二（学問）第三（女性によって象徴される華やかな青春）の世界は確実に我々の三田山上にもあったはずなのであるが、それが今どうなってしまったかは、「三四郎」の中に何も語られていないように、各自の胸の中に訊いてみる他はないのである。

どういうわけか明治四十年代初頭、青春を主題にした幾つかの小説が続いてこの世に出た。そのうち三つ挙げると、「春」「三四郎」「青年」ということになる。「三四郎」は明治四十一年九月一日から東西の朝日新聞に掲載されたが、その直前の八月十九日までは、島崎藤村の「春」が同じ朝日に連載されてい、漱石はこの「春」にある種の刺戟を受けて「三四郎」の制作に向かった。そして森鷗外の「青年」（明43〜44）が多分「三四郎」に例の「技癢」を感じてのものだとすると、この三つの青春小説は何らか作者の心理で繋っていたように思われる。けれども、人は已れの青春期の思い出に、最もよくどの小説を重ね合せることができるであろうか、となると、「春」は余りに重苦しい上に、時代の差を感じさせる。「青年」はその主人公が意外に老成していて、ある種の齟齬を感じさせないではいないだろう。

そこへ行くと、三四郎の美禰子へのひきつけられ方、その憧憬、その不安、その胸の高鳴るような期待と、苦い失望等々の様態は、読む人それぞれの過ぎ去りし青春の一齣々々を懐しく思い出させるものになってはいないだろうか。どうして、江藤淳氏の名著『夏目漱石』の中でのように、これを一篇の「退屈な小説」として一蹴してしまうことなどできようか。但し僕は思う——もしかすると「三四郎」は女の人には幾らか解りにくい所があるのではないかと。なぜなら、端的に言ってこの小説は女が男を捨てる小説になっているのであるから。なおも俗に言うと、若い男の心をひきつけるだけひきつけておいて、ふいと女は男を置き去りにして行ってしまう。実にこの「置き去りにされる」というのがこの小説の一つの主題なのだと、土居健郎氏などは「『甘え』の研究」で言っているほどだが、この置き去りにされる不安というものは、特に男の側の青春に特有な徴表であるとも言えるのである。結果的には、近代の都会育ちの一見自由で新しい女が、古い世界から出て来たばかりの純真な青年の心を玩弄《もてあそ》んだことになる。しかもそれを無意識裡にやる――というのが漱石の認識であった。この「無意識」ということについては、「三四郎」連載中の談話「文学雑話」（明41・10「早稲田文学」）があって、漱石自らズーデルマンの「アンダイイング・バスト」（原名“Es war”英訳“Undying Past”）に出てくるヒロインのフェリシタスについてこう言っている。

「……さうして此女が非常にサットルなデリケートな性質でね。私はこの女を評して『無意識な偽善家《アンコンシアス・ヒポクリット》』――偽善家と訳しては悪いが――と云つた事がある。其の巧言令色が努めてするのではなく、殆ど無意識に天性の発露のままで男を擒にする所、勿論善とか悪とかの道徳的観念も、無いで遣つてゐるかと思はれるやうなものですが、こんな性質をあれ程に書いたものは他に何かありますかね——恐らく無いと思つてゐる。（中略）——実は今お話した其フェリシタスですね、之《これ》を余程前に見て面白いと思つてゐたところが、宅に居た森田白楊が今頻りに小説を書いてゐるので、そんなら僕は例の『無意識なる偽善者』を書いて見ようと、冗談半分に云ふと、森田が書いて御覧なさいと云ふので……実際どんな女になるかも自分でも判らない」。

これでわかる通り、「アンダイング・バスト」（生田長江が「消えぬ過去」と訳している）のフェリシタスと森田草平（白楊）が引き起した例の「煤煙」事件の平塚明子（雷鳥）が「三四郎」のヒロインを形成する下敷としてあるわけだが、美禰子はその何れの面影からも独立した、漱石の全き独創によって生き生きと描き出されているのである。

しかし漱石はなぜ、こういう美禰子のような女性を創造したのか。この無意識の裡に男を擒にするとなれば、男から見れば女は謎だということになる。「虞美人草」に「謎の女」という言葉が出てくるが、漱石にとっては女という存在そのものが謎であり、彼はそのために一生苦しまねばならなかった。美禰子は「草枕」の那美、「虞美人草」の藤尾の線上にあり、それはまた「行人」の直、「明暗」の延と発展していくことにも見られる通り、女の正体を解き明かそうとして苦悶するのは漱石文学全体を流れる一つの主題であった。「噫々女も気狂にして見なくちゃ、本体は到底解らないのかな」と「行人」の一郎は苦しい溜息を洩らす。
だが、我々の年代までの男性には、三四郎も体験したような、自ら進んで女の機嫌はとりたくないくせに、女に対する果てしもない猜疑心に虐まれるという心理は、実によく理解できるのではないだろうか。——それは、近代社会に残された封建的な意味での女性蔑視観と、曲りなりにも近代の新しい解放感からくる女性に対する憧憬の念とが、盾の両面として一人の男の中にしっかと腰を据えてしまっているという厄介な意識構造からくるものである。漱石の場合、特にこの矛盾は強烈であった。
「……夫から羞恥《はにかみ》に似たやうな一種妙な情緒があつて女に近寄りたがる彼を、自然の力で護謨玉《ゴムだま》のやうに、却つて女から弾き飛ばした」。（「道草」(22)傍点引用者、以下同じ）
右の言葉がこの構造をよく解き明かしていよう。——この「羞恥《はにかみ》」は林原耕三氏の言う「シャイネス」であり、「このシャイネスを見逃しては所詮、漱石文学は語れない」（『漱石山房の人々』）ということにもなる。三四郎にもそれがある。それがあって却って女に対して素直に出られない所があり、それが三四郎と美禰子の関係に微妙な陰翳を与えているのである。そして、三四郎が勇を鼓して自分の心の真実を女に打ち明けた時はもうすでに遅かったのである。

やがて女の方から口を利き出した。

「今日何か原口さんに御用が御有りだつたの」

「いゝえ用事は無かつたです」

「ぢやたゞ遊びに入らしつたの」

「いゝえ、遊びに行つたんぢやありません」

「ぢや、何んで入らしたの」

三四郎は此瞬間を捕へた。

「あなたに会ひに行つたんです」

（中略）

「お金は私も要りません。持つて入らつしやい」

三四郎は堪へられなくなつた。急に
「たゞ、あなたに会ひたいから行つたのです」（十）
シャイネスから飛躍した純粋に美しい情景描写である。これが嘗て美禰子から「あなたは索引の付いてゐる人の心さへ中《あ》てて見様となさらない呑気な方だのに」（八）と言われた三四郎の精一杯の愛の告白だったのである。女は溜息をつく。そして原口画伯のモデルになって描かれた自分の肖像画に託した秘密をそれとなく三四郎に打ち明ける。そしてその瞬間に美禰子は、自分が未来の夫と決めた男に風の如くに連れ去られてしまうのである。
さて、この第十章の最終部については古来説があった。
向から車が走《か》けて来た。黒い帽子を被つて、金縁の眼鏡を掛けて、遠くから見ても色光沢《いろつや》の好い男が乗つてゐる。此車が三四郎の目に這入つた時から、車の上の若い紳士は美禰子の方を見詰めてゐるらしく思はれた。二三間先へ来ると、車を急に留めた。前掛を器用に跳《は》ね退《の》けて、蹴込みから飛び下りた所を見ると、背のすらりと高い細面の立派な人であつた。髭を奇麗に剃つてゐる。それでゐて、全く男らしい。
先ず森田草平「三四郎」論（明42・6・10〜12「国民新聞」）の中で、「末尾に至つて、ゆえもなく美禰子を奪つて行く妙な男があるが、実際彼何者ぞやである。あの男はただ小説の結末をつける為に、不意に追剥の如く表れたやうに見える」と言った。次に小宮豊隆は「三四郎を読む」（明42・7〜8「新小説」）の中で、立派な紳士の登場が余りに突然すぎることを言って、お婿さんの出方が早すぎると注意しているが、何れにせよこの紳士の登場が気になって仕方がなかったのである。

しかし最近はこの「立派な人」について、右二例に示されたような単なる小説技法上の問題としてでなく、もっとこの小説の本質に関わる問題提起をした人がある。――〈立派な人〉の読み――という副題を持つ平岡敏夫「美禰子の結婚」（昭50・12「日本文学」）である。核心は、この「立派な人」を、①文字通り立派な人と読むか②漱石の反語（皮肉）と読むか、ということである。

平岡氏は先ず越智治雄「『三四郎』の青春」の初出（昭40・12「共立女子短大紀要」）と『漱石私論』所収の改稿とを示し、①から②へ微妙にゆれ動いている越智氏の論旨の推移を紹介した上で、①の代表的なものとして三好行雄「三四郎」（『作品論の試み』所収）を引用している。

三好氏のは、美禰子の結婚に、三四郎や野々宮への「痛烈な批評」がある、とするもので、この「立派な人」は「〈市に生きるもの〉のひとりにまぎれもない。三四郎の現実＝第三の世界の周縁に漱石の措定した世界、いわば第二の現実世界に確乎とした生を築く〈立派な人〉なのである。美禰子は野々宮や三四郎を拒否して、かれとともに、第三の世界から身をひるがえして去った。彼女はまさしく第三の世界を見切り、青春を見切ったのである」。平岡氏が引用したのはここまでだが、このあと三好氏は「三四郎はかれがつねに忘却し、よそ目に見すごした現実から痛烈に復讐されたわけである」。と続けている。

これは平岡氏は指摘していないが、僕は「立派な人」の前と後の「金縁の眼鏡」と「全く男らしい」の二句にも注意したい。漱石が小説の中で金縁の眼鏡をかけさせた男は、「野分」の中野君とか「虞美人草」の小野さんとか、漱石が肯定的に描いた人物ではない、しかし得意の人に限られている。（実在の人物では宮内省式部官松根東洋城のみ）それから「男らしい」であるが、一体漱石という人は所謂「男らしい」男に価値を置いて肯定的に描いたことはない。――「坊っちゃん」の主人公はちょっと別にして置く。坊っちゃんを俗化したのが宗近君だが、宗近君を肯定的に描いたことに、後の漱石が「虞美人草」に対する一つの自己嫌悪を持った理由があった——勿論作者自身の何らかの批判はあるにしても、主要な彼の作品の主人公である甲野さん、三四郎、代助、宗助、市蔵、一郎、津田等は所謂「男らしい」男では全くない。

恐らくこの「立派な人」のイメージの中には、白井道也の兄、代助の父や兄、「彼岸過迄」の高木等が含まれるはずである。そしてこれら「立派な人」から成る世界に向かい、熾烈な闘いをその身の破滅にまで挑もうとする次作「それから」への発展のパースペクチヴでこれを捉えると、「金縁の眼鏡」「立派な人」「男らしい」と続けた漱石の意図は明らかだろう。少くとも作品の発表当時に森田草平が「立派な人」を「妙な男」ととり、「追剝」のイメージを重ね合せていたことは前記引用文で明らかである。所が越智氏は、前記後者の論文でも、「(この男は)あるいはまた俗物と言われる人物であるかも知れない。しかし少くとも三四郎にとって「立派な人」にみえるという事実は動かせない。」と言っているのであるが、それなら僕はここで、作者と三四郎の視点の関係につき、再度森田草平の注意を聴いてみたいと思う。「三四郎の出ない幕はない……が作者はあくまで三四郎を視て書いてゐる。視下して書いてゐる。三四郎に成つて書いてゐるのでは無い。……こんな場合には、読者は作中の人物に同情してそれといつしよに成らうとするよりは、むしろ作者といつしよに成りたがる。」（前掲論文）その通りである。

つまり、三好氏の言うように、美禰子の結婚に、かれらへの痛烈な批評があるとする視点は、作者の意図に即しては成り立たないのではないか。むしろ、「青春を見切って」通俗常識的生活に代えた「新しい女」への、作者漱石の痛烈な批評があった、としたいのである。美禰子は確かに「自分の行きたい所でなくつちや行きつこない」「西洋流」の「イプセン流」の、主体的な生き方をする女性として周囲から評価されていた（七八）。しかし彼女の選んだ〈立派な男〉は、始めよし子に申し込んで断られた男であった、という設定こそ、美禰子への「痛烈な皮肉」（片岡良一『夏目漱石の作品』）でなければならなかった。八章で、「俗礼に拘はらない所丈《だけ》がイプセン流なのか、或は腹の底の思想迄も、さうなのか、其処《そこ》は分らない」という三四郎の心のつぶやきへの一つの解答ともみられるのである。

この「立派な人」は「文芸の哲学的基礎」（明40）でいう「国家有用の才」、「現代日本の開化」（明44）の所謂「得意でゐる人」であることは間違いない。空虚感も不満も不安もない。ハイカラであって宜しくない、虚偽でもあり軽薄でもある、と決めつけられた側の人である。〈市に生きるもの〉というより、市に生きる者を支配する存在であろう。こうしてみると、中村真一郎氏の「(三四郎は) 小説の終ったあとでは、恐らく善意を抱いたまま、明治政府の権力機構のなかへ吸収されて行くだろう」(『この百年の小説』) という予測は到底成り立たないものと言わなければならないだろう。

漱石は、三四郎の嘗て纏めた「三つの世界」の外側にある「現実世界」に、確乎たる地位を占める〈立派な人〉の側へ美禰子を追いやった。そこで内田道雄「『三四郎』論」(昭46・3「言語と文芸」) の次のような感想が出てくる。

「美禰子は現実生活の最も確実なものへ向って動いて行く。かかる時の女性のほとんど本能的に確たる足どりはついに男性にとっては謎なのではなかろうか」

同感だが、しかしここで漱石としては、この時の漱石なりに、底の知れない女の謎としての正体を解いて見せ、その底を見せようと試みたのではないだろうか。無論、だからといって三四郎が救われたことにはならないので、最終部で「ストレイシープ、ストレイシープ」とつぶやくのは、その間の複雑な彼の感慨を示したものに他ならなかった。

次作「それから」で鈴蘭や百合の花が有効に使われているように、「三四郎」では、雲がいかにも青春の哀愁と空しさとを象徴するかの如くに、しばしば三四郎の見上げる空に浮ぶ。先ず、美禰子に始めて逢う直前、「其心持のうちに薄雲の様な淋しさが一面に広がつて来た」と、三四郎の寂寥感がうす雲に喩えられている(二)。次に、美禰子と始めて身近かに接した時、美禰子は白い雲を眺めて「駝鳥のボーアに似てゐるでせう」と言う(四)。菊人形で道に外れた時には「重い事。マーブルの様に見えます」と言う(五)。

これらを、キザな思わせぶりな言葉、とするのが一般的らしいが、しかし美禰子がこういう表現をすると、奇妙にその場の雰囲気にマッチし、それはまた三四郎の「薄雲の様な淋しさ」を逆に照射してくるのだ。最後に、「空に美禰子の好きな雲が出た」(十三)。そして三四郎は、嘗て美禰子と一緒に見た秋の深い空を思い出す。今は、恋を失った今は、雲の形は羊の姿をしている。

「三四郎」は全体として軽妙なタッチで描かれているように思われ、事実与次郎の持つ諧謔性や、広田先生を写し出す作者の筆使いが、そういう傾向を保証しているように見える。しかし漱石は、この作品ではそれを深化させることをためらった苛酷な現実——例えば女の轢死（三）や、三十円で四人家族が半歳食うという農民の悲惨な生活（九）やを、一方でそれとなく注意させながら、もう一方では、この雲の描写や、前記三四郎の愛の告白や、八章の最後で（ここが二人のクライマクスである）「美禰子の肉に触れた所が、夢に疼く様な心持がした」等にみられる微妙な、しかし恋愛小説としての正攻法的な描写の数々を通じて、必ずしも前記諧謔のトオンで統一されない作品の世界を形成して行った。この三つの要素が有機的に組み合わされていない所にこの作品の失敗を指摘する向きもあるかも知れないが、しかしある意味では、苛酷な現実に対して無責任であり、またある時は、まじめに思いつめる余りに傷つき、未知なるものの前に不安と動揺とを隠し切れない、青春というものの不安定な姿を描くのに、漱石の取ったこのような方法が最も適していたのかも知れないのである。

だからこの作品は、漱石の作品の中でも、大傑作という評価を与えられないままに、何ということなしに魅きつけられ、この小説のもつそこはかとない哀傷の気分に浸ることで、人は己が青春の嘗てのありようを懐しく振り返ることができるのではないだろうか。

——一九七六・九・一五

「明暗」論

'09・3　源流　第15号

夏目漱石の「明暗」（一九一六〈大正5〉5・26～12・14）は、漱石の全作品中最も長いにも拘わらず、朝日新聞連載第百八十八回を以て中絶して終わった。漱石の作品は自然主義小説とは違い、極めて構造的であり、その結末によって始めてその全体を評価できるのであるから、三好行雄が書いているように「第一章から読者を魅了し」「傑作の予感が漂っていた」（『明暗』の構造」講座『夏目漱石』III昭56有斐閣）としても、作品の最終的評価は誰の手によっても不可能である。又、唐木順三はその「『明暗』論」（昭31『夏目漱石』修道社）で「『明暗』の発端〈一～三章〉は何度読み返してもよく云々」と言っていて、それは僕も同感だが、それとて結論が示されないでは論じ切ることはできない。

もしも「明暗」を一個の建造物に譬えるとすると、その建物全体は把握できないとしても、その一部屋一部屋に限って鑑賞したり、柱や天井の組み方、その材質、庭全体との映り具合を評価することは可能であろう。その発端のすばらしさや、話の展開のテンポのよさや多彩な面白さがあればある程、見えない結末が惜しまれるのである。

この小説の主人公は津田由雄（30歳）とその妻お延（23歳）である。両者とも言わば普通の人間であって、津田の方は「それから」の代助のような高等遊民でもなければ、「行人」の一郎のような深刻な面持をした学者でもない。その代り、高等遊民なるが故の現実批判の鋭さは持ち合わせていない。代助の前は「三四郎」の三四郎である。三四郎は学生である。明治時代の「学生」はその殆どが高等遊民である。高等遊民なるが故に美禰子に去られた。去られる前は、明治時代としては考えられぬ程の男女間の自由な交渉があって、漱石はそれから約五十年後の所謂戦後民主主義時代の、開放された時期に漸く可能になった若い男女の自由な交流を、明治四十年代に描いてみせたのである。

漱石は、明治四十二年九月二十八日に開かれた「女子教育懇談会」の、「新女大学、可カラズ十条」「新女学生訓」の、「病室又は取乱したる室内に於て男子と面接」するのは自己の品性を傷つけるもの、という教え（第八条）や、「若き男女のみにて散歩、遊戯若くは娯楽等を為すは周囲の指弾を招くものと心得べし」（明42・9・30 朝日新聞）という、謂わば一般的な「公序良俗」の考え方は、何の註解もなしに無視している。美禰子は自由に三四郎と文通し、何回も肩を並べて歩く。それが又極く自然になされている。十二章では「取乱したる」「病室」に一人寝ている三四郎を、よし子が一人で見舞う。三四郎とよし子の会話も極く自然で天真爛漫である。女は男に蜜柑を剝いて「香に迸る甘い露を、したたかに」飲ませる。

主人公の一人津田は大学を卒業し、企業に勤めている平凡な会社員であり、そこには「坊っちゃん」「三四郎」「それから」「行人」におけるが如き〝劇〟はない。と言って自然主義文学の「斯う如何《どう》もダラ〳〵と牛の涎のやうに書く」（二葉亭四迷「平凡」）式の、平板・無技巧を標榜するそのありようは、飽くまで漱石のものではなかった。

「明暗」という題名であるが、これは必ずしも「明るさ」と「暗さ」の対照を表わしたものではないのではないか。「明」と「暗」とは関わりなしに、対照的なものを二つ挙げ、その対照から醸される雰囲気や意味を示唆しようとする。漱石自らがこれを「矛盾した両面」（十三）と言っていて、意図的なものであることは明白である。例は殆ど無数にあるが、その幾つかを選びⒶⒷで示す。

主人公津田夫妻のうち、津田は嘗ての恋人Ⓐ「彼《あ》の女」（清子を指す。清子は現存「明暗」の終りの方に出てくるが、清子の出てくる所で中絶してしまうから、全編における清子の位置と役割は不明である。）今一人のⒷ「彼の女」（現在の妻お延）と「どうして己《おれ》は結婚したのだろう」と自らに疑問を呈する。そしてこのⒶ清子とⒷお延とが、この小説が完成すれば、小説全編を貫く主題を形成するのは間違いない（第二章）。

津田の父からの、金は送れない旨の手紙を見て津田はⒶ細君にその手紙のことを話したくなかつた。けれどもそれはⒷ又細君に話さなければならない事でもあつた（第六章）。津田は平生《ふだん》から、Ⓐお延が自分の父を軽蔑することを恐れていた。それでいてⒷ彼は彼女の前にわが父に対する非難がましい言葉を洩らさなければならなかつた（第七章）。細君が大事な着物を質入れしようとすると、それはⒶ津田にとつて嬉しい事実であつた。しかしそれを敢てさせるのは又Ⓑ彼にとつて苦痛に他ならなかった（第八章）。Ⓐ既に明るい電灯の下を去って、Ⓑ暗い戸外へ出た彼の眼を不秩序に往来した（第十三章）。津田にとつて細君のお延は、(A)小さいながら冴えているという感じとともに、(B)どこか気味の悪いという心情も起つた（同章）。津田の叔父藤井について。実際の世の中に立つて、端的な事実と組み打ちをして働いた経験のない叔父は、(A)一面において当然迂闊な人生批評家でなければならないと同時に、(B)一面において甚だ鋭利な観察者であつた（第二十章）。藤井は漱石に近い人物として描かれている。津田は(A)軽蔑に(B)歎賞を交えた様な顔をして、一寸首を傾げた。そこに彼の(A)誇りがあると共に、そこに(B)不快も潜んでいた（第三十二章）。

いくら挙げてもきりがないので、現「明暗」最後の方の例を示してみる。

「彼女（清子）の態度には二人の間に関を話題にする丈の余裕がちゃんと具つてゐた。それを口にして苦にならない程の淡白さが現はれてゐた。たゞそれは(A)津田の暗に予期して掛つた所のもので、同時に(B)彼の嘗て予期し得なかつた所のものに違なかった。

このように僕が些か執拗に(A)(B)の対照例を挙げて来たのは、この小説における漱石の発想の型―漱石の全小説にも窺われる一種の相対主義―を見ようと思ったからである。

＊　　＊

この小説の書かれた大正五年は、明らかに明治時代とは違う所謂個人主義的リベラリズムの様相を示し始めていて、漱石はその現象を鋭く捉え追求していた。前記引用の「傑作の予感」（三好行雄）は、この新しい時代に育まれた津田由雄・お延夫婦の新しい新家庭と人間像に関わっている。第二章にこうある。「彼はついぞ今迄自分の行動に就いて他から牽制を受けた覚がなかつた。為る事はみんな自分の力で為《し》、言ふ事は悉く自分の力で言つたに相違なかつた」（第二章）。

これに対しお延の方は次のように描かれている。

「お延は自分で自分の夫を択んだ当時の事を思ひ起さない訳に行かなかつた。津田を見出した彼女はすぐ彼を愛した。彼を愛した彼女はすぐ彼の許に嫁ぎたい希望を保護者に打ち明けた。さうして其許諾と共にすぐ彼に嫁いだ。彼女は何時でも彼女の主人公（注）であつた。又責任者であつた」（第六十五章）。

このような「明暗」の主人公達について、従来識者はどのような把握を示して来ただろうか。津田は一介の会社員《サラリーマン》であり、立身出世のために齷齪する程ではないにしても、あらゆる欲望に恬澹として超越的に生きているわけではない。従って岡崎義恵が津田について「自分勝手な卑屈な男」、お延について「我の女」「策略を弄する『私』の女」（『漱石と則天去私』昭43宝文館）などと評しているのは見当外れの評価という他はない。

それより、米文学者大橋健三郎がその「『明暗』論」（『夏目漱石』'95 小沢書店）で、「自分の中に津田が生きていることをしばしばなまなましく感じとって、はっとする私」（圏点原文）と書いている方に多くの読者も共感するだろうと思う。一方お延については、渡邉澄子が「夏目漱石『明暗』論」（『迷羊のゆくえ』'96・6 翰林書房）で、この作品中漱石が暖かい視線で同情を注いで眺めているのはお延だけ」、と述べているのは全く正しい指摘である。この小説で始めてお延が登場するのは第三章であるが、ここに「細君の嬌態」という言葉が出てくる。これを「気の毒なお延」（第百四十七章）、「可憐な彼女」（同）、「不幸な彼女」（第百五十章）等と併せ読めば、前記岡崎の「策略を弄する」「我の女」などという評言が如何に表面の字面に捉われたものであるかは言うまでもないのである。

＊　＊

過日僕は、江戸東京博物館で催された「文豪・夏目漱石展」を見に行った。その印象は、「文豪」とあるものゝ、小説家としての漱石よりも、当時日本における最高の英文学者としての夏目金之助の側面の方が強かった。

作家夏目漱石が、作家として優れた存在性を主張しているのは、一に個性豊かで、何らか現実＝男に代表される＝に対する批判を内包している魅力的女性を数多く創造して来たからである。美禰子・三千代・御米・千代子・お直・そして最後に本編のお延。「三四郎」の美禰子には、颯爽とした振舞の裡にもどこか憂愁の影がある。「それから」の三千代の「仕様がない。覚悟を極めませう」は、明治の女性の静かな闘いの宣言である。「門」の御米には闘ったあとの、夫とのつましい生活の日々がある。そこで印象的なのは、夫の無関心とは対照的に、伊藤博文暗殺の真実相を知りたがったことである。「行人」のお直は、義弟二郎が外国へ行くというのに、「女は植木のように、誰かが動かしてくれなければ自分一人ではどこへも行くことができない」と嘆く。しかしこの嘆きの言葉には、たとえ本人には意識されなかったとしても、恐ろしい危険が孕まれていたのは言うまでもない。

最後にお延がくる。お延は夫津田を愛そうとして、夫の不審の影を察する。お延はまだ清子の存在を知らないが、清子がなぜ津田を捨てたかがわかった時、その「不審の影」の「真実相」（第百四十七章）につき当って愕然とせざるを得まい。こうして漱石は、魅力ある女性達の、不幸で寂しい姿を、その作品の中で追い続けてお延に至ったのである。

注——「それから」の三千代が、心で代助を愛していながら、代助の奨めで好きでもない平岡の許へ黙って嫁いだのと比べると、お延の生き方は三千代とは雲泥の差がある。但しそのどちらに人間的魅力を感じるかは人様々であろう。ただお延には明らかに、大正期という新時代の人間像が、その時代の明るい雰囲気を背景にした形で語られている。

戦争と詩人——犀星・朔太郎・茂吉・迢空——

'03・9・3　源流　第13号

この拙稿の冒頭から私事で恐縮であるが、昭和十六年（一九四一）十二月八日の父の思い出を書くことから始めたい。

僕の父は大正十年大学を出てすぐ鉄道省（国鉄・JR）に入った。即ち彼は大正デモクラシーの只中に青春期を送ったことになる。そのせいか役人としては比較的に自由なものの考え方をする人だった。鉄道省から一年間アメリカに留学し、アメリカという国の制度と富と力を実感して帰国した。昭和十六年日米間が険悪になった時も、日本はアメリカと戦っては到底勝ち目はないから、戦争などしてはならないと頻りに言っていた。所が十二月八日、日本が真珠湾を攻撃し、アメリカに宣戦した旨のニュースがラジオから流れ、軍艦マーチが鳴り出すと、父は突然立ち上り、マーチに合せて踊り出したのである。それがそれ迄の父の言動からは想像できぬものだったので僕は一寸驚いた。あれ程日米戦争は避けるべきと言っていた父が、あんなに浮かれていていゝものだろうか、と中学生になったばかりの僕の方が寧ろ冷静だったように思う。萩谷朴の『歴史366日』（'89　新潮選書）の「十二月八日」の項には短く次のように書かれている。「一九四一年。真珠湾攻撃の戦果を伝えるラジオの臨時ニュースが、やがて破滅に導かれるであろう世界戦争への突入を、心なくも勇壮に伝えた。」――

「真珠湾」に至る道は明治以来長く険しかった。中に大正期の如く短いながら比較的平和で自由な時期もあったが、昭和に入って労働運動、革命運動が終熄せしめられると、軍部の力の増長が目立ち始め、満州事変―二・二六事件―支那事変―太平洋戦争と休む間もない戦争の時期が続いた。こゝに加藤淑子著『斎藤茂吉の十五年戦争』（'90　みすず書房）なる一冊がある（本稿の茂吉に関する部分は本書に負う所が多い）。これは昭和六年の満州事変から、昭和二十年夏の敗戦を経て戦後に至る十五年間の茂吉の歌を引用しながら、歌の背景となった政治的、外交的、軍事的、社会的様相を、茂吉自身の日記、新聞、雑誌等の文献を精査して、茂吉の戦争歌とその歌をとりまく時勢とを対照的に描き出したものである。

二・二六事件の日（昭11・2・26）僕は八歳だったが、大雪の中、夕方早めに帰宅した父が、非常に沈鬱な表情を見せていたことをかすかに憶えている。以下特に支那事変以降、小学生から大学〈予科〉一年生に至る戦争の全期間を自覚的に生きた僕にとっては、この加藤淑子描く戦争の時代相は極めて興味深いものであった。もう今となっては若い人に理解できないような用語の数々が出て来て、それは戦中の苦しいにがい思い出を呼び覚すものだった。アト・ランダムにそれらを挙げてみる。「防空演習」「暴支膺懲」「天に代りて不義を討つ」「旗行列」「複雑怪奇」「銃後」「大詔奉戴日」「切符制」「スフ」（注・人造繊維）「代用品」「非常時」（注・現在の「有事」）等々――数え上げれば切りもないが、これら苦しく辛い思い出に繋《つな》がる用語ではあるが、過ぎては一種懐しい響でもある。こういう時代を我々は生きて来たのだという感慨もある。

＊　＊

二〇〇二年十月の雑誌「すばる」には、この年八月三日に亡くなった詩人評論家の伊藤信吉を偲び、「追悼伊藤信吉」として、伊藤の「帰宅」という詩一篇（絶筆）と、「決定稿

室生犀星　満洲国の旅」及び「未完遺稿　続　室生犀星」を掲載している。「続　室生犀星」は「第三篇　戦争の詩人」「第四篇　避戦の作家」に分れている。その意味は、犀星は戦時中の詩において一種激越な調子で戦争を謳歌したが、その小説においては時流に迎合するものを書かなかった――と言うにある。
伊藤は先ず犀星の『筑紫日記』『美以久佐』(3)『日本美論』『餘花』という昭和十七年から十九年に至る四篇の戦争詩集の名を挙げた上で『筑紫日記』から「日本の歌」を引用する。

若人《わかうど》らは鉄の帽子と／鋲だらけの靴と／砲列と／軍歌と／吶喊と／勝鬨と／そして土をゆるがして進んだ／マレーへ／シンガポールへ

伊藤は言う。
「この戦勝感、戦意昂揚感は翌年（昭17）二月三日付け作の『シンガポール陥落す』へとそっくり引き継がれ、これは『皇軍向ふ所敵なし、／進撃また進撃』という書き出しになった。言いようのない粗雑さだ。それでは巷に氾濫する戦争標語、新聞記事の見出しと異るところがない。〈中略〉戦争の時から、五十年ほどもへだてて私はこれを書いているのだけれど、今さらに、室生さんにこんな作品があったのか、と一人の読者として〈悲観〉してしまった。」
同時に伊藤は犀星の詩友萩原朔太郎の「南京陥落の日に」（昭12・12・13　朝日新聞）を挙げている。

歳まさに暮れんとして
兵士の銃剣は白く光れり。
軍旅の暦は夏秋をすぎ
ゆふべ上海を抜いて百千キロ
わが行軍の日は憩はず
人馬先に争ひ走りて
輜重は泥濘の道に続けり。

ああこの曠野に戦ふもの
ちかつて皆生帰を期せず
鉄兜きて日に焼けたり。
天寒く日は凍り
歳まさに暮れんとして
南京ここに陥落す
あげよ我等の日章旗
人みな愁眉をひらくの時
わが戦勝を決定して
よろしく萬歳を祝ふべし。
よろしく萬歳を祝ふべし。

伊藤はこの当時において、師朔太郎のこの詩を読んでいなかった。「戦争詩なぞ作る詩人でないという先入観念、思い込みがあったろうから、読めばショックを受けた筈だ」と言う。そして更にこの詩の「〈裏側〉の事態を知ってあらためてショックを受けた」と記す。「〈裏側〉の事態」とは、朔太郎の丸山薫宛次の書簡（昭12・12・11付）の文言を指す。
「朝日新聞の津村氏に電話で強制的にたのまれ、気が弱くて断り切れず、とうとう大へんな物を引き受けてしまつた。〈中略〉とにかくこんな無良心の仕事をしたのは、僕として生れて始めての事。西條八十の仲間になつたやうで懺悔に耐へない。（もっとも神保君なども、文芸に戦争の詩をたのまれて書いているが、あまり讃められた話ではない。）」（圏点・―線坂本、以下同じ）
——以上の伊藤の見解には、僕として異論がある。先ず伊藤は、この朔太郎詩の文言の表面上の意味に捉われ過ぎている。戦後誰かが、この詩を「反戦詩」だと言ったが、僕は同感である。この詩を読んで誰が戦意を昂揚されるだろうか。たしかに歌われている言葉の意味は戦勝を祝している。しかしこの詩全体に漂っているものは、〝反戦詩〟と言われても仕方のないようなある種のけだるい倦怠の気分である。詩語として選び抜かれた言葉の使い方というよりは、「鉄兜きて」「わが戦勝を決定して」等、相当に投げやりな表現からもそれは窺われるだろう。朔太郎自身『月に吠える』「序」で次のように言っている。
「私の詩の読者にのぞむ所は、詩の表面に表はれた概念や『ことがら』ではなくして、内部の核心である感情そのものに感触してもらひたいことである。私の心の『かなしみ』『よろこび』『さびしみ』『おそれ』その他言葉や文章では言ひ現はしがたい複雑した特殊の感情を、私は自分の詩のリズムによつて表現する。併しリズムは説明ではない。リズムは以心伝心である。そのリズムを無言で感知することの出来る人とのみ、私は手をとつて語り合ふことができる。」

詩人にとっては「リズム」が生命であった。「南京陥落の日に」のリズムは「以心伝心」心ある人に朔太郎の真の心を伝えているのではないか。朔太郎の生涯たった一つの「戦争詩」としての「南京陥落の日に」は、朔太郎の名誉にはならないとしても、彼の詩人としての生命を傷つけるものではない。こう考えれば、前記丸山薫宛書簡の文言に、伊藤の言うような意味で「ショック」を受けることもない。僕なら寧ろ〝流石〟という感想を抱く。この一篇の戦争詩に自ら「無良心」「懺悔に耐へない」と自責の念を披瀝していることに、僕は犀星を含む戦時期の多くの詩人たちと比べ、朔太郎という詩人の本領を見るものだ。

因みに、朔太郎の第二詩集『青猫』（大12）に一篇の軍隊詩がある。「通行する軍隊の印象」という副題が付いている。全詩はあまりに長いので最終節のみ引用してみる。

いま日中を通行する
黝鉄の凄く油ぎつた
巨重の逞しい機械をみよ
この兇逞な機械の踏み行くところ
どこでも風景は褪色し
空気は黄ばみ
意志は重たく圧倒される。
づしり、づしり、づたり、づたり
づしり、どたり、ばたり、ばたり。
お一、二、お一、二。

この詩全体が我々に訴える印象は、無論軍隊の勇壮な行進を称えるものなどではない。

軍隊は「兇呈な機械」なのであり、それの過ぎ行く所の風景を「褪色」せしめる禍々しい不吉な存在なのだ。それは『青猫』の憂鬱な頽廃的気分に見合うものであり、ここに朔太郎という詩人の感覚や体質からくる軍隊への嫌悪感があり、それは二十年後に自ら「懺悔に耐へない」とした「南京陥落の日に」の無気力な倦怠感とウラハラをなすものである。

「南京虐殺なるものを一般国民が知ったのは戦後のことである」（前記加藤淑子）が、朔太郎がこの詩を「強制的」に書かされたとしても、自らが嘗て描いた「兇逞な機械」としての日本の軍隊が、どのような行為で他国の首都を制圧したかを想像しなかったとは言えないだろうと思う。

＊　＊

○天地《あめつち》につらぬき徹り正しかるいきほひのまへに何ぞ触《さや》らふ
○国こぞる大き力によこしまに相むかふものぞ打ちてしやまむ

右は斎藤茂吉の、昭和十二年十月九日「皇軍慰問の夕」と題し、大阪放送局から朗詠された五首の冒頭二首である。以下茂吉の十五年戦争中の歌は「無類の戦争好き、軍人好きであった」（中村稔『斎藤茂吉私論』昭58　朝日新聞社）人らしく、拡大する戦争の推移に何ら疑問を抱かず、政府、軍部（大本営）の発表をそのまま真実と思い、その前提において日記を書き歌を発表していった。それは言わば贔屓の引き倒しの如き印象を人に与える。日本（軍）はすべて「正し」く、敵（中国＝支那＝・米国）はすべて「よこしま」即ち不正であり悪業の国なのであった。そこに見られるものは寧ろ幼児性とも言うべき短絡的なものだった。中国人でも日本に迎合し、日本の傀儡政権の首班となった汪兆銘などには絶大な好意を持つ。

。まぢかくに汪兆銘氏の声きけば強し朗《さや》けし創造と協和と（昭15）

そして戦況が快進撃を続けたり、困難になったりした時には、興奮して夜眠れないことが屢々であった。「上海戦の部隊おもへば炎だつ心となりて今夜ねむれず」（昭12）、「夜をこめて鴉いまだも啼かざるに暗黒に鰥《くわん》鰥《くわん》として国をおもふ」（昭15）、「つゞけざまに息もつかざる猛戦をおもへる吾は一夜ねむらず」（昭17）。

戦争や軍人が大好きだった茂吉が天皇（皇室）の賛美者だったのも当然である。茂吉の実家は山形の地主である。戦前の地主は小作人から上る小作料によって豊かな生活を可能としていた。その小作人たちの生活の実態は、例えば長塚節「土」に描かれたように悲惨きわまりないものだった。彼らは「蛆同様」「獣類に近き」（漱石『土』序文）存在として、毎日朝から晩まで重労働を強いられた。その地主―小作人の言わば搾取の関係は、天皇支配の国家権力によって守られ保障されているのであるから、地主が天皇制権力を肯定し、天皇個人をも無条件に尊崇するのは、精神的にも心理的にも必然だった。茂吉の天皇讃仰は「茂吉の骨の髄までしみついたものであった」（前記中村稔）。しかしそうであればある程、天皇賛歌は、戦争詠に劣らず、歌としての芸術性を失ない、空疎で惨めなものに堕していかざるを得なかった。そのことは戦争が敗色を濃くしていった時に、軍部の焦燥からくる狂暴な言動と、茂吉のそれとが軌を一にしていった所にも窺われるだろう。

昭和十七年夏以降戦局はにわかに悪化の一途をたどり、昭和十八年三月十日の陸軍記念日を期して、陸軍省は古事記に歌われた「撃ちてし止まん」を「決戦標語」に掲げ、国民の奮起を促した。茂吉は直ぐ歌う。

。えみし等のこぞるけがれはあらしほのあらぶるなかに撃ちてしやまむ
。彼のやから薄《せま》りきたるをゆるさめやゆるし得めやも撃ちてしやまむ

同年十二月十八日の日記には「敵ガニューブリテン島ニ上陸シタ。敵！クタバレ、コレヲ打殺サズバ止マズ、止マズ！生意気の敵ヨ、打殺サズバ止マズ」とある。

以下彼の歌と日記には相添うように、言葉は汚く、空疎な表現に終始するようになった。そこには客観的に戦局を捉える冷静な判断や知的な考察、懐疑の余地は皆無であり、大本営発表と、それをそのまま報道し、国民に檄を飛ばし続けた新聞論調のレベルを些かなりとも超えるものではなかった。前記加藤淑子著『斎藤茂吉の十五年戦争』の「後記」で著者は次のように述べている。

「斎藤茂吉は近代に卓越する歌人であったが、〈中略〉十五年にわたる戦争に対しては、報道を介し常に戦局に注意し、情熱をたぎらせ、国運を慮る、素朴で誠実な一日本人であ

った と思われ、その戦争詠は当時の中庸的、平均的な日本国民の感情の代弁ないし時代の証言と見てよいであろう。」

これは茂吉に即き過ぎた解釈と言えよう。「素朴と誠実」は「幼稚と狂信」と紙一重なのであり、一人の歌人として、文学者として「平均」のレベルで終ってよいものであろうか、という疑念を持たざるを得ない。

菅野昭正は本書の書評（'90・4・15 朝日新聞）で加藤の右の文言を捉え次のように書いている。

「たしかに『平均的な日本国民』として戦争の時代を生きたのだろうが、公的に作歌を発表する立場にあった歌人が、時代の強制する共有の感情を歌うことには別種の意味が生じる。あの時代を生きる難しさと危なさが、ここにはおのずから現れている。そして茂吉ほどの歌人といえども、『戦争詠』では、作品の質を低下させていることも覚えておきたい。」

同感である。ただ茂吉の問題は、「作品の質を低下させ」た戦争詠を大量に生産しただけではない。敗戦という彼にとっての衝撃的事態を迎えた時も、自らの戦中の歌と生き方とを問い返すことをしなかった点にある。
敗戦近き時の歌。

。決戦の時いたれりとこぞりたる国民戦闘隊国民義勇隊
。妄慢のこの宣言に黙殺の時いたれりと心きほはむ

もうこれは〝歌〟というものではないのではないか。「宣言」とは結局受諾せざるを得なかったポツダム宣言のこと。新聞は「黙殺」「笑殺」すべしと訴えていた。原爆については、

。けだもののやからといへどかくのごとけがらはしきを行ふべしや

そして敗戦を迎える。

。聖断はくだりたまひてかしこくも畏くもあるか涙しながる

この茂吉の歌の推移はどうだろう。仮に戦中の歌をAとし、敗戦直前の歌をBとし、敗戦（昭29・8・15）時の歌をCとすると、AからBへ、BからCへ、そこに何の拘わりもなく、自らの過去の歌と戦争との関わりがいかなるものであったか、そこに些かの懐疑も反省もなく、現実の激変に歌を対応させて行くのみであった。

＊　＊

三枝和子の自伝小説「その日の夏」（昭61・8「群像」→昭62　講談社刊）は、昭和二十年八月十五日から八月二十四日までの、主人公「私」のいる女子師範学校寮内で「玉音放送」なるものを聞かされた所から始まり、突如その価値観の変更を迫られた女子学生たちの、急変する現実に対処しなければならなくなった時の、混乱と思考の転回曲折を描いたものである。今の今まで愛国の精神を叩き込まれ、あらゆる困難に耐え、日本の窮極の勝利を信じ込まされて来た彼女らが、ある日突然天皇の言葉を以て日本の無条件降伏を知らされる。八月二十日の新聞を友人が持ってくる。

「あらあ、斎藤茂吉の歌が出てる」

萩原宮子の話は原子爆弾から茂吉の歌へ飛ぶ。

「『大君のみこゑのまへに臣の道ひたぶるにして誓ひたてまつる』か、ふうん」

私は、びくっと萩原宮子の顔を見る。またしても気が散るが仕方ない。私のどこかで急速に壊れて行くものがあって、それが何か分らないまま、留め難く確実に自分の変化が自覚されて来る。

あれほど好きだった茂吉の歌が心に沁みて来ない。沁みて来ない理由は何だろうと考えながら、

「聖断はくだりたまひてかしこくも畏くもあるか涙しながる」

と萩原宮子のさし出す新聞を辿って行きながら変なのである。

「広島の写真の横に、衆議院議長の『新日本へ心の切り換え』という談話が出てる」

萩原宮子が叫ぶ。まだ新聞を読んでいる。

「心の切り換えってどういうこと？」

突然宇田典子が顔を起す。みんなははっと緊張する。

ここには若い学生たちを戦争に駆り立てながら、「心を切り換え」ろ、といとも簡単に「切り換え」を要請することのできる指導者たちへの疑問が投げかけられている。萩原宮子が「叫」んだのは指導者への抗議だった。

萩原宮子は新聞を読み続ける。

「『戦争中はわき目もふらずに驀直前進、戦争三昧、戦争一本でゆかねばならないが、一旦戦争終結の大詔を拝した上は潔ぎよく今迄の気持を捨てて再建へ驀直前進するのが真の日本人のあり方だと思ふ』だって。〈以下略〉」

「違うんだなあ」

宇田典子は首を振る。

何かが違う。女子学生たちは戦争指導者――政治家・職業軍人・高級官僚らの、大詔（聖断）によってころっと変るその人間としての矜恃のなさ、その無責任を許すことはできなかったのである。先に「私」が「あれほど好きだった茂吉の歌が心に沁みて来ない」と言ったのは、衆議院議長と斎藤茂吉の精神の構造が寸分違わぬものだったからだ。三枝和子は単行本『その日の夏』の「あとがき」で、自分は「戦争体験小説を、女の立場からと、はっきり意識して書こうと思い」「もしかしたら敗戦といふ事態や思想は、女の立場からしか明らかにされないのではないか」と書いた。日本の歴史の中で「女」は弱者だった。敗戦という歴史的激変の意味は、弱者にしか正しく見えて来なかったということである。
「その日の夏」の「私」は「承詔必謹」に納得できなかった。昭和十六年十二月八日の詔書と、敗戦の日の詔書とはどう関わるのか。作者三枝和子は作中、宇田典子に「天皇陛下って便利ね」と言わせている。「便利」だったのは戦争指導者も同じことだ。斎藤茂吉は「承詔必謹」にすぐ対応した。

。天皇のみこゝろのまへに六十四歳斎藤茂吉誓ひたてまつる　（八月二十日　朝日新聞）

茂吉の心の「切り換え」は早かった。新憲法が公布されると直ぐに次の如く歌う。

。新光《にひひかり》のぼらむとするごとくにて国のゆくへは今日ぞさだまる　（昭21・11・4　河北新報）

三枝和子は「あれほど好きだった茂吉の歌」と言って、具体的に「好きな歌」の例を挙げていない。三枝に代ってと僕が言うのも変だが、『赤光』の中で僕の好きな歌二首と、それから敗戦前後の歌にも佳作がないわけではないので数首例を挙げておこうと思う。

＊　＊

『赤光』

○めん鶏ら砂あび居たれひつそりと剃刀研《かみそりとぎ》は過ぎ行きにけり　（七月二十三日）
○つとめなければけふも電車に乗りにけり悲しき人は遥かなるかも　（おひろ）

戦中戦後

○とどろきは海《わた》の中なる濤にしてゆふぐれむとする砂に降るあめ　（昭16『霜』）
○こゑひくき帰還兵士のものがたり焚火を継がむまへにをはりぬ　（敗戦直後）
○このくにの空を飛ぶとき悲しめよ南へむかふ雨夜かりがね　（昭20・10・5作『小園』）
○かりがねも既にわたらずあまの原かぎりもしらに雪ふりみだる　（昭21『白き山』）

◦最上川逆白波のたつまでにふぶくゆふべとなりにけるかも　（昭24『白き山』）
「斎藤茂吉の内部において、戦争詠と自然詠、日常詠がどうかかわっていたのか」と中村稔が前記著作で問うているが、この問に答えるのは大変にむつかしいのではなかろうか。
茂吉について最後に一つだけつけ加えたいのは、『萬葉秀歌』上下（岩波新書）のことである。僕は十五年戦争下の中学生として、この赤版新書を愛読してやまなかった。今日の万葉学からすれば、解釈考証の点で多少の訂正を要するかも知れないが、今でも万葉集の案内書として、これ以上のものは見当らないのである。茂吉がこれを書いたのは「支那事変」の最中である。彼の戦争詠との懸隔は余りにも甚しいと言わねばならないだろう。

＊　＊

釋沼空にも『天地に宣る』（昭17・9・20　日本評論社）という戦争歌集がある。その冒頭には「昭和十六年十二月八日」という前書きで十二首掲載されている。天皇の詔勅に感動したことは茂吉と変らない。ただ歌の調子は、茂吉の漢語を使用した直截的激越調とは違う。開戦時の歌を比べてみる。

〈茂吉〉
◦やみがたくたちあがりたる戦を利己暴慢の国々よ見よ
〈迢空〉
◦大君は　神といまして、神ながら思ほしなげくことの　かしこさ
迢空の方は、開戦を告げる天皇の心の嘆きを写し出している。茂吉にはない発想であろう。又迢空の方は漢字を使っても「大御祖《オホミオヤ》」「草莽人《クサカゲビト》」の如く日本よみのルビを振っているから、漢語のもつ押しつけるような響がない。昭和十七年一月の「中央公論」に発表された茂吉の歌に「天皇のいまします国に『無礼なるぞ』われよりいづる言ひとつのみ」というのがあるが、こういうもの言いは迢空にはできない。何も戦争歌だけでなく、茂吉の漢語使用にはもともと仰山な響のものが多かった。例えば『赤光』冒頭歌の詞書は「悲報来」。歌は

。ひた走るわが道暗ししんしんと堪へかねたるわが道くらし
「悲報来」などという漢語は沼空の感覚では恥しくて使えないものだろう。茂吉の歌もそれに見合ったものである。
夫々の母の死を歌ったものを比べてみる。

〈茂吉〉 (『赤光』)

。みちのくの母のいのちを一目見ん一目見んとぞいそぐなりけれ
。死に近き母に添寝のしんしんと遠田のかはず天に聞ゆる
あまりに著名な歌であり、一種の名歌ではあろう。沼空の方はどうか。

〈沼空〉 (『海やまのあひだ』)

・この心　悔ゆとか言はも。ひとりの　おやをかけそく　死なせたるかも

・汽車に明けて、野山の霧の朝けぶり　すがしき今朝を　母死なめやも
同じように母の病重きを知って母の許に急ぐ歌と見られるが、その調子の違いは歴然としている。茂吉の悲しみの直叙に対して、迢空の歌には悲しみの抑制がある。どちらが秀れているかという問題ではなく、両者の資質の違いである。それを迢空自ら田舎人と都人の違いとしたのが「茂吉への返事」（大7・6「アララギ」）である。

「あなた方は力の芸術家として、田舎に育たれた事が非常に幸福だといはねばなりません。この点に於てはわたしは非常に不幸です。軽く脆く動き易い都人は……」

「あなた方」とは「アララギ」派の重だった人々を指すのであろうが、この場合は茂吉を指すものとしてよい。迢空は先輩茂吉を立てたもの言いをして自らを「不幸」などと卑下しているかにも見えるが、これは迢空一流の自恃の逆説なので、それはずばり次のように切り込んだことからも証せられる。

「あなたは、其（注・千樫や憲吉）から見れば極めて堅固な田舎びとであります。浄瑠璃よりも浪花節を愛せられるのも、あの声の野性を好まれたのでせう。」

茂吉が浪花節を好んで聴いたこと、茂吉の日記を見てもわかるが、極端な戦争好き、軍人好き、皇室好きとそれは相通ずるものがあり、それが歌の激越調とも関わっているように思える。

先に加藤淑子がその『斎藤茂吉の十五年戦争』において、茂吉の歌の時代的背景を精査して書き記し、茂吉の歌の理解をそこから導き出していることに触れたが、それ程茂吉の歌は時勢と直結していた。しかし釋迢空の場合、そんな試みは不可能であろう。それだけ迢空の歌は戦争を歌うにしても、状況よりも個々の兵、又兵を戦場に送る人々の悲しみに焦点が当てられていた。勿論戦争歌集『天地に宣る』には「今し　断じて伐たざるべからず」式の茂吉風激越調もないではなく、又「新嘉坡落つ」の題の許に、初句に「しんがぽうる落つ」を据えた六首の如き内容のないものもある。それは迢空自らこの歌集の「追ひ書き」で、「中には、感覚のこはゞつたのや、類型を出ないものもあるが」と言って自覚していた底のものである。しかし「兵」を歌ったものには、この集の中でも読者の心を打つものが相当数あった。それは折口信夫が民俗の蒐集途次において、それこそ〝海やまのあひだ〟で遭遇した農民——謂わば無告の民で兵に取られた者の運命を歌ったものである。

還らぬ海

○家びとに告ぐることなく　別れ来し心を　互《かたみ》にかたりつらむか
○街なかの捷ちのとよみに　哭かるなり。この歓びの　疎漫《オホロカ》ならず
○兵隊は　若く苦しむ。草原の草より出でゝ「さゝげつゝ」せり
○旅にして聞くは　かそけし。五十戸の村　五人《いつたり》の戦死者を迎ふ
○頬赤き一兵卒を送り来て、発つまでは見ず。泣けてならねば
○萱山に　炭竈ひとつ残りゐて、この宿主は　戦ひに死す
○若き日を炭焼きくらし、山出でし昨日か　既に戦ひて死す
○庭も狭《セ》に　食用菊を栽ゑたるが、戦死者の家と　数へられて来ぬ
○よきいくさして還れをと　言ひしこと、たは言の如し。たゝかふ人に

又「春王正月」と題したあとに次の長い詞書を付した。

「この頃、世間の歌、空しき緊迫に陥りて、読めどたのしく、聴けど心ひらくるものなし。かくして漸く、歌びとに疎く、ひとり詠じて、多くは人に示さず。嗤ひにあはむことを虞るればなり」

この中の、読んでたのしくない「空しき緊迫に陥」った歌の中には、茂吉のそれも含まれていたのだろうか。そしてこの詞書は、この戦争歌集の「追ひ書き」の次の文言に照応されているように僕には思えた。

「私の多くの老いた、若い友人が、戦陣に趣《おもむ》いて、色々の思ひを、私にさそふ機会に値《あ》うた。中にはたふとく命過ぎた人もあつて、人間としての悲しみの、禁め難いものがある。此は、日本人相手に持つ悲しみであるから、誰も咎めてくれぬやうに。」

「誰も咎めてくれぬやうに」とはどういう意味だろう。ここで思い出すのは、前記伊藤信吉『続 室生犀星』第四篇「避戦の作家」中の次の文言である。それは戦いが深刻になるにつれ、いかに戦死者が出ても「親族たちはもはや人目につくところで、死の『唏り泣き』を許されぬように、世間の様相が変って行った。戦死は国民の一人として名誉であり、大君にささげた命なのだから、誰が戦死しようと、泣くことと嘆くことそのことが「非国民」とされるほどになって行った」――そうした風潮の中で犀星は「戦死」（昭15・6「中央公論」）を書き、知人田沢八重子の、戦病死した弟を悼む詩を紹介（「無名の詩集」）し、姉の「唏り泣き」を書いた――というのだ。
親族の戦死を嘆くことすら許されぬ風潮があって沼空のこの「誰も咎めてくれぬやうに」もあったのではないか。思えば酷薄極まりない非道の時代であった。

終戦時の斎藤茂吉の歌の例は先に引いた。沼空はどう歌ったか。

昭和廿年八月十五日、正坐して
。大君の宣りたまふべき詔旨《ミコト》かは――。然《シカ》るみことを
われ聴かむとす
。戦ひに果てしわが子も　聴けよかし――。
かなしき詔旨《ミコト》　くだし賜ぶなり
（昭20・8・18　朝日新聞→『倭をぐな』）

これらの歌は、先に引いた茂吉の歌——例えば「大君のみこゝろのまへに臣の道ひたぶるにして誓ひたてまつる」「天皇のみこゝろのまへに六十四歳斎藤茂吉誓ひたてまつる」以下と比較してみても、茂吉のあっけない一直線の転換的発想と比べ、迢空の歌にはもっと複雑な、「詔旨」への疑問と心理の曲折があり、特に二首目では折口春洋という「わが子」を硫黄島玉砕戦で失った親として、あの詔旨がせめてあと半歳早く出ていれば、という痛恨の思いが「かなしき詔書」以下に籠められていたのではないか。「たゝかひに果てにし人を　かへせとぞ　我はよばむとす　大海にむきて」(『倭をぐな』)——という歌の、迢空にしては相当に強い語気によっても、その思いは窺われるのである。石川県羽咋の砂丘に建てられた折口信夫の墓の墓碑銘には、自ら撰んだ次の文言が刻まれている。

もつとも苦しき
　たゝかひに
最くるしみ
　死にたる

むかしの陸軍中尉
折口春洋
ならびにその
父 信夫
の墓

墓は能登の「大海」に向いている。

ここで今一度『天地に宣る』に戻る。『天地に宣る』の編輯出版に関わったのは日本評論社の赤木健介[4]である。赤木健介は左翼だが、釋迢空は左翼だろうが何だろうが、自分を慕ってくる者は愛してこれを受け容れた。赤木の「暖いおもいで」(昭28・11「三田文学」折口信夫追悼号)には、赤木に懲役二年の判決が出て控訴中、迢空の出石の家を訪れた時の回想が掲載されている。迢空は何の偏見もなく暖かく赤木を迎えた。控訴は大審院で却下され、赤木が下獄すると決ってから、又迢空を訪れると、「なぜもっと早く話してくれなかったか」と悲しみの面持ちで赤木に言った。入獄が近付くと慶応から赤木の許へ電話があり、芝公園まで一緒に歩いて昼食を御馳走してくれたと言う。沼空の赤木への思いやりが窺える。沼空と健介との話の中には、「私が国学院で教えた学生の中にも、何人か君のように共産主義の道へ進んだ者もあるが、私はその人々をいとおしく思っています」という沼空の言葉もあった。赤木は自分の編輯した『天地に宣る』の中の「丘の歌」を思い、それが「先生の根底によこたわる感情から生れたものであることを、今さらのように信じた」と書く。ここで僕が思い出すのは沼空の次の二首である。

○世のなかにしたがふ道を
説かざりき
あやまち多き
教へ子のかず
（「春のことぶれ」）

○誰びとか　民を救はむ。目をとぢて
謀叛人《ムホンニン》なき世を　思ふなり(5)
（「倭をぐな」）

それから赤木健介には戦時に書かれた一篇の「釋迢空論」（『短歌の理論』昭19　昭森社）がある。戦中の釋迢空論としては出色の出来栄えを示したものである。そこでは集中の、戦死した兵を悼む歌を高く評価して、「国民的挽歌として長く残るものであろう。而も形式的儀礼的なものではなく、しみじみとした内感に溢れてゐる点が、特に人を打つのである」と述べている。そしてその「追ひ書き」を全文引用しているが、その意図は先に僕が指摘した「誰も咎めてくれぬやうに」を特に強調したかったからではないか、と思われるのである。

戦争の歌とは直接関係ないが、釋迢空に「砂けぶり」という長詩がある。僕はこゝまで歌人釋迢空のある側面について述べて来たが、その側面の根底には、この「砂けぶり」という長詩が存在しているように思われてならないのである。

「砂けぶり」は(一)と(二)に分れており、(一)は大13・6「日光」。「大正大地震の翌々日横浜に上陸」という詞書が付いている。(二)は大13・8「日光」。(二)の次の一節を引用する。

おん身らは　誰をころしたと思ふ。
かの尊い　御名《ミナ》において――。
　おそろしい呪文だ。
　　萬歳　ばんざあい

驚くべき表現だ。大正十二年六月慶応義塾大学文学部講師となった沼空が、沖縄・台湾を旅して門司に帰って来たのが関東大震災の当日九月一日。三日午後船で横浜港に着いて上陸、東京まで歩いた。その途中で何とも言えない悲惨な情景を目撃した。「道々酸鼻な、残虐な色々の姿を見る目を掩ふ間がなかつた。」「自警団の咎めが厳重で、人間の凄まじきあさましさを痛感した」と『短歌文学全集・釋沼空篇』に自註している。

「砂けぶり」は㈠八篇、㈡十一篇の四行詩から成っている。こゝで嘱目した信じられない非道な日本人のあさましい姿は、もはや短歌では表現し切れぬものだった。折から植民地朝鮮や中国における反日民族独立運動が激化していたこともあり、混乱の中、朝鮮人が井戸に毒を入れているという「不逞鮮人暴動」などのデマが流され、数千人の朝鮮人・中国人が自警団と称する日本人によって虐殺された。（二）に、「横浜から歩いて　来ました。／疲れきつたからだです――。そんなにおどろかないでください。／朝鮮人になつちまひたい　気がします」「井戸の中へ　毒を入れてまはると言ふ人々」「帰順民」（注・朝鮮人のこと）――と「朝鮮人」への言われのない暴圧を批判する文言が続いた上での、引用の四行であった。「かの尊い御名において」（初出「陛下の御名において」）とは何か。民衆の、天皇権力に対する狂信的盲従への、迢空のふるえるような怒りの批判が、特にこの「ばんざあい」に隠されている。常は名もなき民衆への愛と共感とを失なわなかった迢空が、一度権力側の示唆によって、民族的偏見に自己を見失なった民衆の醜いふるまいの拠って来る根源を凝視しているのだ。今、弾圧を受けているその「朝鮮人になつちまひたい」とは、何と言う烈しい発想だろう。茂吉と同じ明治人として、茂吉と共通する天皇尊崇の気持は抱いていたろうが、茂吉のあの「骨の髄までしみついた」讃仰の念とは類を異にするものだった。

この「砂けぶり」が、「アララギ」から移ったばかりの「日光」（大13・4創刊）に掲載されているのは意味深い。「アララギ」への違和感は前記「茂吉への返事」にも見られたが、「日光」に移って一種の自由感を味わい、極めて屈折した形ではあっても、この恐しい内心の告白的表現を可能にしたのであろう。

釋沼空の処女歌集『海やまのあひだ』（大14・5　改造社）には数多くの「日光」掲載歌が採られている。釋沼空と言えば誰もが先ず思い浮かべる「人も　馬も　道ゆきつかれ死にゝけり。旅寝かさなるほどの　かそけさ」（大13・4）、「葛の花　踏みしだかれて　色あたらし。この山道を行きし人あり」（大13・10）はその代表的なものである。池田彌三郎は『海やまのあひだ』の発刊について、「『アララギ』との訣別があって、はじめて、歌人釋沼空の成立があった」（日本近代文学大系46『折口信夫』解説）と述べて、沼空における「日光」の意味について言及している。今一つの代表的歌集『春のことぶれ』（昭5・1　梓書房）に収録された絶唱、

。みなぎらふ光り　まばゆき
昼の海。

疑ひがたし。
人は死にたり　（昭2・9）
も初出は「日光」である。「人は死にたり」の「人」は古泉千樫である。千樫のすゝめで「アララギ」から「日光」に移ったのだから、この盟友の死（昭2・8・11）の報知は、土佐旅行中の沼空に痛恨の思いを強いた。「砂けぶり」はそのような「日光」以外に発表することのできないものだったのだ。
ただ、沼空は「アララギ」の斎藤茂吉に対し、対立感情のみを抱いていたわけでもあるまい。沼空の生涯最後の歌が
。雪しろの　はるかに来たる川上を　見つ思へり　斎藤茂吉　（昭28作『倭をぐな』最終作）
であるのも大変意味深いが、この歌については本誌で久保宗太郎君が触れているので、

そちらに譲ろうと思う。

注

1——加藤淑子は「防空演習」の注として、桐生悠々の著名な「関東防空大演習を嗤ふ」(昭8・8・11　信濃毎日新聞)を紹介している。この「評論」は陸軍の忌諱に触れ、桐生は信濃毎日退社に追い込まれたが、十年後の実際の空襲は桐生の書いた通りになった。
2——日独伊三国同盟締結の機運が高まっていた折しも、ドイツはソヴィエトと不可侵条約を結び(昭14・8・23)、日本はドイツに出し抜かれた形となり、首相平沼騏一郎は「欧州情勢は複雑怪奇」との声明を出して内閣を投げ出した。「複雑怪奇」は当時の流行語となった。
3——『室生犀星全詩集』(昭37・3　筑摩書房)の巻末「解説」において、犀星自ら、この『美伊久佐』について次のように述べている。「本集に収録の戦争雰囲気のある詩はこれを悉く除外した。後半の史実に拠るためといふ再考もあつたが、詩全集の清潔を慮つたのである。この戦争中は詩も制圧のもとに作られ、今日これらの詩を削除することは心のにごりを見たくないからである。」——たとえいかなる時代の「制圧」下と言っても、詩人は自ら書いて活字にしたものには責任を持つべきであり、これを「清潔」の名の許に抹殺するのはフェアとは言えまい。

4――赤木健介（明40～'89・11・7）。戦前戦後を通じ左翼運動に携わった詩人・評論家。短歌誌「火の群れ」48・50・61号でその特集を組んでいる。
5――この歌に関し、プロレタリア文学派としては赤木健介同様、終始折口信夫への好意を持ち続けた中野重治は、「ただ私は、これを口で読んで、折口さんが『謀叛人なき世』を願わしいといったのではなくて、謀叛人の出るのを待った、謀叛人の出ない現在をなさけなく思ったのだろうと解釈するがこれは、まちがっているだろうか」（「誘惑者」全集月報22）と書いているが、こんなにおず／＼と疑うことはないので、「謀叛人の出ない現在をなさけなく思った」という解釈以外には考えられない。

空襲・軍人・学習

'08・7　火の群れ　106号

前の戦争で昭和20年（一九四五）に入ると、毎日のように空襲があった。当時僕は慶応義塾普通部（中学）に在学中で、勤労動員で蒲田のさる工場で働かされていた。その前日学校の講堂に集められた我々は、普通部の橋本孝《たかし》主任（校長・大学の倫理学の教授でもあった）から、次のような訓示を受けた。「諸君は明日からは、授業の予習も復習もしなくて済む。で、暫しは嬉しく思うかも知れないが、そのうち勉強をしない状況が続くと、学校での学習がいかに自分にとって大事なものだったかが解るようになるに違いない」。――僕はそれを聴いてそれはそうに違いないと思い、事実工場で機械相手に働かされていると、橋本主任の言ったことがしみ〲と身に沁みて解った。我々は昼の休み時間には文庫本を拡げて渇を癒した。ある時ロマン・ロランの「ジャン・クリストフ」（文庫本で8冊あった）を読んでいるとある工員が「学科なんかするな」と文句を言った。工場には我々の部署に課長がいた。我々が接したその時の課長Aさんは実にいゝ人で、慣れない仕事に四苦八苦していた我々に、諸事丁寧に教えてくれた。所があの三月十日の東京大空襲のあと、課長は工場に姿を現わさなくなった。我々は、あの大空襲で10万人の犠牲者が出たというが、あの課長もその犠牲者の一人になったに違いないと言い合って、その人柄を偲んだ。所がそのあとがまに来た課長は、Aさんとは大違いの嫌な奴だった。年はA課長の方がずっと若かったのだから、この新課長はよほど出来の悪い奴に違いないと、僕はひそかに思った。

それから当時我々は時に学校に集められて、配属将校なる者から、軍事教練を受けなければならなかった。その最初の担当者は、陸軍士官学校出ではあるが、実に人柄の穏健な中尉であった。所がこの中尉のあとに来た少尉は、慶大出の、幹部候補生上りの将校だと言うので、それなら少なくとも先の士官学校出の中尉よりいゝのではないかと大いに期待したが、どうしてどうして実に権力的な威張りくさった軍人で、前の中尉とは比較にもならぬ嫌な奴だったから、僕たちは大いに落胆した。

こうしてみると、どんな場合でもその職業・役柄如何を問わず、(A)上等な人間と(B)下等な人間、人に優しい人間と権力的な人間、理を弁えた人間と、自分が権力を行使できる立場だと、闇雲にその権力を振り回す傲慢な人間――こういう風に二種の人間がいることになるらしい。そして我々の周りにいる多くの人間は、この(A)と(B)の中間を埋める存在ということになるのであろう。

あの中尉と少尉は今どうしているだろう。あの時の中学生が今80歳になったのであるから、まだ生きていても100歳近いに違いない。戦前戦中の軍人たちのことを思うと、あの戦争に負けてよかったとつく〴〵思う。あと一ヶ月早く降伏していれば原爆も落ちずに済んだのだ。

その年（昭20）の四月、僕は大学文学部予科に進んだ。空襲はいつ迄も続いた。ある時、僕らは三田綱町のグラウンドに集まるように指示された。しかし電車は動いていず、焼けた町を歩いて指定の場所に行くと、そこには友人達も教師も配属将校も誰一人来ていなかった。僕はこの時程「しまった」と思ったことはない。僕は又とぼ〳〵と焼けた東京の町を家まで歩いて帰った。

僕の家は五月二十五日の空襲で丸ごと焼けてしまった。それからの僕の家族の辛酸は言葉では言い尽くせないものだった。それでも我々日本人は、日本人をこれ程までに痛めつけた日本軍国主義を自らの手で裁くことはできなかった。極東軍事裁判にそれは任され、昭和二十三年十二月二十三日、東條英機始め七人の戦争犯罪人に絞首刑が執行された。

ここから戦後民主主義が出発するのだが、60年後の今日、戦前に逆戻りする所謂逆コース現象が、じわ〳〵と我々を脅かしつゝある。

——'08・4・14

断片としての記憶・思い出

'09・7　火の群れ　82号

過去の記憶とか思い出というものは必ず「断片」である。僕の一番古い記憶は、幼稚園に入る前の、多分二、三歳の頃のことで、昼食の時、四角い火鉢の側で、母親が一口、ごはんを箸でつまんで口に入れてくれる。すると僕は立って部屋の中を走り回り、それから又母の許に戻って又一口入れて貰う。そうしているうちに転んで火鉢の角に左眼の角をぶつけた。この記憶が本当だったことは、今でも左眼の角に傷の跡のあることでわかる。

小学校の時の夏休み、母と、木崎湖にいた叔母の許を訪れた。その木崎湖ではなく、その側に小さな池があって、僕はそこで泳いでいた。しかし僕は泳ぎを習ったことはなく、いぃ、のしと言われるものしか知らなかった。それも永くは続かず、池の中心辺りで、底に脚を着こうとしたら、そのまゝずぶ〳〵と沈んでしまった。
僕は懸命に岸の方へその〝のし〟なるもので泳ぎゆき、今度底に脚がつかなかったら溺れるより仕方あるまいと観念したが、どうやらやっと脚の先が着いた。しかし岸では僕のそんな苦境を知るよしもなく、母と叔母が談笑していた。
この叔母は詩人の澤木隆子で昭和11年、〝ごろつちよ詩社〟という所から『石の頰』という詩集を出した。これは題名からも窺われるように、シュールリアリズムで、素直に読めば、普通の意味ではよくわからない言葉が連ねられていた。中の「秋の伝説」という詩を引いてみる。

その時ひとかげもない銀の沙丘
秋の別離を嘆くかのやうに
海は吾らの近くに羽博き
白い翅を散らすのだつた。

幾つかの貝殻は耳を傾けてきいてゐた

旅の言葉よ　跫音よ。
空は悔恨のまなざし碧く
吾らは浪に吐息した。

ひとつの花が
ひとつの命を終る掟のやうに
岩に刻んだイニシアルは
斯くて伝説の海へと亡んで行つた。

普通の文章では意味を成さない言葉の連なりが、その時中学生だった僕には大変面白く感じられた。多分、それは僕がこの叔母澤木隆子という詩人をよく知っていたからだろう。
『石の頬』の前に彼女は、もっとわかり易い詩集を出している。それは『ROM』という詩集（紅玉社刊）で、その冒頭には次のような短詩が載っている。

火鉢にかぶさつてしみじみと掌《てのひら》を観てゐる。―一九三一年―
この『ROM』の中には「野路」という詩があって僕は大変好きだった。

白い花を一つ摘んで
髪の毛に挿した

ひるの月に
仄かな疲れをおぼえ
ふり向いて
「似合ふ?」ときいた

『ROM』には佐藤惣之助の序文と、村松ちゑ子の跋文が付されていて、それぞれ詩人澤木隆子の人と詩について、ていねいな感想が並べられていた。村松ちゑ子はこう書いている。「隆子氏は純粋に、詩に生き得られる人だ。実に素晴らしく恵まれた環境が、又それを強めてゆく。が、一歩翻つて、隆子氏が更に広く外界にその視線を向けられた場合を想像するとき、私は嬉しくも一脈の戦慄の流れを全身に意識する」。

廣津和郎と廣津桃子

'04・12　民主文学

「神経病時代」(大正6〈一九一七〉・10「中央公論」)は作家廣津和郎の文壇的処女作である。この小説は引き続いて彼が大正六年から大正八年の間に発表した「本村町の家」「思ひ出した事」(→「崖」)、「師崎行」「静かな春」「やもり」「波の上」等々の、当時評判のよかった純然たる私《わたくし》小説とは趣《おもむき》を異にしており、題材を政治と関わりの深い新聞社にとっていることもあって、社会的視野を含むと同時に、性格破産者小説(1)という、廣津和郎の手がけた私小説以外の問題小説の最初のものでもあり、かなり意欲的な作品であった。その題材は三つに分れている。一は新聞社内のこと、二は友人達との交わり、三は家庭内における妻との不和――これらは必ずしも事実そのものではないが、主人公鈴本定吉の心象風景は、作者廣津和郎自身のものであると言ってよい。

民衆生活の不幸などはなるべく小さく扱い、スキャンダルを含む政治的社会的大事件を待望する社の方針に鈴本定吉は抵抗を感じるが、編集に携わっているうちに、いつか自分自身も「事件」を待望するようになり、それに気付いて自己嫌悪を感じる。愛してもいない妻との生活に嫌気がさし、帰宅の時間を遅らせるために、友人達といつまでも喫茶店で話し込む。妻との夜の生活は悲惨であり、朝目が覚めると激しい後悔に苛《さいな》まれる。新聞社の非人間的なやり方に反撥を感じても、それに対して己が正義を主張することもできず、ずるずると社の方針に従わざるを得ない。結局勤務生活も妻との生活も、明確な自己主張や意志の強さを発揮できず、果てしない苦悩と憂鬱の裡《うち》に時を過して行かざるを得ない。

事実は次の通りである。大正二年四月早稲田大学英文科を卒業した廣津和郎は、翌三年父廣津柳浪の口ききで東京毎夕新聞社に入社する。折しも父が母と共に名古屋に保養に行っている間に、和郎は一人で麴町永田町の下宿屋永田館に下宿し、翌大正四年一月頃から下宿の娘である神山ふくとの性的関係に入った。やがて恐れていたふくの妊娠が告げられ、前記私小説に書かれた通りの苦悩に呻吟することになる。その年の十二月長男賢樹《けんじゅ》

（小説では進一）が生れるが、それだけでは終りにならなかった。「神経病時代」の最後で、妻は長男進一に頬ずりをしながら「あたしね、何ですか又出来たやうなんですよ」と夫に告げる。

「『あっ！』と定吉は叫んで、頭を両手で抱へながら、仰向けに畳の上に転《ころが》つた。彼の頭の中は恐ろしい程の速かさで旋回し初めた……恐ろしい絶望があつた。何とも云はれない苦しさがあつた。が、それと同時に彼は、妻のために下女を雇《やと》つてやらなければならない事を考へた……」

「中央公論」掲載の本文末尾には「六年九月二十二日　脱稿」の日付が記されている。事実に即して言えばこの時、大正七年三月二十一日生れの廣津桃子が母の胎内にいたことになる。(2)

右「神経病時代」最後の文言は、廣津和郎という作家の人生のなりゆきを自ら予言したかの観がある。いかにしても愛し得ぬ妻との間に、二人まで子を生《な》した彼は、妻と別居の道を選びながら戸籍は抜かず、正式な妻の座をふくに与え続けた。廣津としてはそれが精一杯のふくに対する責任の取り方だったのであろう。その後廣津は女性遍歴の末、松沢はまなる女性と同棲し、はまの死（昭37・1・4）まで三十八年間同棲生活を続けた。(3) 長男賢樹と桃子は実母ふくの実家で育てられた。

廣津和郎の前記私小説群は、妻への憎悪と自責の念に引き裂かれた若き廣津和郎の苦悩の表現であるが、ここにただ一篇「静かな春」（大7・2「新日本」）のみは、いっときの平和で平穏な生活を写し出すものになっていた。大正五年末から鎌倉で柳浪夫妻、和郎一家が共に暮した数ヶ月である。事実としてはこの平和ないっときも、妻ふくと両親の仲がうまく行かず、廣津家は再びばらばらになるのだが、少なくとも小説「静かな春」では、廣津としては珍しく平穏な生活が、鎌倉の自然と歴史を背景に描写されていた。

この小説については、廣津桃子に「断片——父和郎について」（「日本近代文学館」第20号、昭49・7・15）という一文がある。これは廣津父娘の関係を考える上で非常に含蓄のある重要な発言だと思うので、少し長いが引用する。

「昨秋から、父の全集(4)の刊行がはじまり、すでに六冊が世に送り出されている。こうしてまとめられてみると、父という人間がなにを考えて生き続けてきたかが、私にとっても一層明確になるとともに、それらの作品に向かい合う自分というものにも、かつてとは異なる時日の流れを思わずにはおられない。昔、読もうとして、息苦しさを覚えて中止した初期の私小説風の作品に眼を向けながら、まさしく私の父親である若い主人公の悪戦苦闘する姿への同情の思いとともに、その姿が、後年の父と、どう結び合わされてゆくのかという思いが胸にくるのは、時の流れが、私の心にあたえてくれた〝ゆとり〟というものであろう。」
「全集第一巻収録の初期の短篇『崖』『師崎行』などと一連をなす私小説に『静かな春』がある。この作品については、作者自身、一部を抹殺したこと、〝中途半端のそしり〟を受けるかもしれないが、〝何故かこの作品に愛着《ママ》を感ずる〟との旨をのべているが、[5]いま、作品の出来、不出来は別問題として、ここに描かれているいくつかの場面は私の眼には印象深い。
作品の舞台は、鎌倉、極楽寺に近い家であり、知多半島の療養先から、父と母とを迎え、妻と幼い男の子（桃子の兄賢樹）との生活にはいった主人公の心には、ささやかな一家の平和と幸福を願う思いが溢れている。〝家族《ファミリー》〟と、彼は心の中で叫ぶ。」〈中略〉
「……肉親の熱い絆で結ばれた彼等の姿を眼にすることは、家庭崩壊後の記憶しかない私にとって、やはり、印象深いものである。一つには又、この一家にとって、『静かな春』は、ほんの束の間であっただけに、かえって心に残るのかも知れない。」〈後略〉
廣津和郎全集第一巻に収められた初期の前記私小説群は、「静かな春」を除いてはすべて妻との確執に悩む廣津自身の姿を描いたものだから、その妻が桃子の母ふくであってみれば、「息苦しさを覚えて〈読むのを〉中止した」というのも尤もである。もしこの全集第一巻の末尾に収録された「小さい自転車」（大13・7「改造」）を桃子が読んだとすれば、「息苦しさ」どころではない、描き出された夫婦生活には全く読むに堪えない醜悪さを感じたに違いない。その妻とのbedroomでのありようは、余りに露骨であり、文芸作品としても決して上々のものになってはいなかった。「自分は彼女とのsexualな関係の不愉快さに比べれば、いかなるprostituteとの交渉でも、ずっと明るくて愉快であるやうに思はれた」とすら書かれているのだ。
このような父と、晩年の、特に松川裁判批判に全力を挙げて取り組んだ父と「どう結び合わされてゆくのかという思い」は、桃子にとって恐らく解決不能の難問であるに違いなかった。

普通の健全な家庭から見れば確かに廣津家の家庭は「崩壊」していた。母の実家で育てられた兄妹のうち、兄賢樹は、自分の母を捨てて他の女性（松沢はま）と同棲している父に対し、妹桃子ほどのこだわりを示さなかった。学校の帰りにしばしば父の家を訪れ、松沢はまとも親しくなった。一つには、父和郎とはまの夫々《それぞれ》の人間的魅力に魅《ひ》かれたということもあろう。又賢樹自身に、人生に対する行き届いた理解と寛容の心とがあった。年齢の割に彼は大人《おとな》だったのである。

「おやじは、まあ上等の部類に属するんじゃあないかと、僕あ思うぜ」

「全部を、そのままのかたちで認めたいと、僕あ思うんだがね」

右は、父に対してともすれば心を閉ざそうとする妹桃子に対して兄の言った言葉である（廣津桃子「木洩れ陽の道」昭42・12「群像」）。又「山の見える窓」（昭46・5同）では、兄と二人で豪徳寺の父の家を訪れた際、予め兄は妹に「小母さんがいるけど……」「気にすることはないぜ、Mちゃん」「神経質になることはないと僕は思うんだ」とM（桃子）の緊張をほぐすように注意を与えている。

二人は〈父の愛人〉松沢はまを「小母さん」と呼んでいた。桃子はこの時以来徐々に父と「小母さん」に近付き、二人の世界に心を開いて行った。その兄が昭和十四年、早稲田大学在学中二十四歳の若さでこの世を去った。死因は腎臓結核、当時としては不治の病であった。父和郎の衝撃は大きく、考えられる限りの治療を試みたが、効がなかった。賢樹の病とその死については、「愛と死と」（昭14・12「婦人公論」）や、廣津の自伝的回想録『続年月のあしおと』（昭42　講談社刊）に詳しい叙述がある。

廣津和郎のある側面をそっくりそのまま受け継いだような賢樹の死は、和郎にとっては自己の存在を否定されるような哀しみであった。出棺の時、中をじっとのぞき込んで動こうとしなかった、と桃子は「木洩れ陽の道」に書いている。「それは長い年月のなかで私がたった一度だけ眼にした、全く自己を失った父の姿であった。」

賢樹が父の分身とすれば、桃子にとっても兄は「分身的存在」（「木洩れ陽の道」）であったばかりでなく、桃子が父の存在を理解するための仲介者であった。だから桃子が始めて書いた小説「窓」（昭24・1「文学行動」）の題材を兄に求めたのも言わば必然であった。

廣津和郎は明治の作家廣津柳浪の次男である。少年時代から「女子文壇」や「万朝報」

の懸賞小説に投稿して賞金を得て来た和郎は、前記の通り生涯に一度だけ新聞社に勤めたが、あとは物書きとして終始した。彼は、作家である父を持つことは、文壇に出る時多少の便宜はあるかも知れないが、それは一回限りのことで、作品が続かなければ文壇で生命を保つことはできない、「〈文壇では〉実力が物を云ひ、実力がなければ……直ぐ化けの皮をひん剝かれる」「親の威光も利かなければ、師の威光も利きはしない」のだから、文壇という社会は他の社会と比べて「公明正大」であり、力のない者は去らねばならない（「派閥なし」昭16・4・16〜19「中外商業新聞」）――と、凡そこのようなことをくり返し述べていて、勿論それは娘桃子にも言い含められて来た。従って作家となれば三代目となるはずの桃子にも、筆一本で生きることの困難については身に沁みて覚悟ができている所だった。桃子の「筆の跡」（昭44・6「群像」）の中に、老舗《しにせ》の和菓子屋などと違って「我家の生業だけは」子供が手堅く親の跡を継いで行くわけには行かないのだ、と三代目を桃子に期待する風の人に向かって言う所があるが、これも父から言われていることのくり返しに過ぎなかった。

ただ一般的に言ってどういうわけか、作家を父に持った娘が作家になる例が多いのも事実だった。桃子の他には、森茉莉・小堀杏奴（鷗外）、幸田文（露伴）、萩原葉子（朔太郎）、佐藤愛子（紅緑）、津島佑子（太宰治）、吉本ばなな（隆明）、江国香織（滋）、円地文子（国語学者上田万年）等々数え立てればきりもなく多い。なぜ息子でなくて娘なのか、ということが議論されたこともある。[6]だから柳浪を父に持つ廣津和郎は例外ということになろう。

前記の通り、文壇では親の威光は利かないと娘に教えて来た和郎は又、「作家は、ペンを片手に決勝点のない道を一生歩み続けるんだからね。歩み続ける唯一のコツは正直に自分の地金をみがく以外にはないんだ」（廣津桃子「春の音」昭45・5「群像」）、あるいは「親父のことばかりにかかわっていると、さきにはすすめないものだよ」（『父廣津和郎』昭48毎日新聞社刊→中公文庫「あとがき」）と言って来た。又、正宗白鳥が幸田文に「おやじのことを書いている間は、幸田文、認めないぞ。露伴のことだけ書いている間は一人前と認めないぞ」と言っていたと、阿川弘之が廣津和郎に聞かされた（前記中公文庫版『父廣津和郎』〝解説〟）ということである。

しかし廣津桃子はやはり、他の女流作家たちと同様、父を語る所から作家の道を志して行った。確かに前記小説「窓」は、兄の思い出を綴ったものとして、処女作と言っても桃子の力量を十分窺わせるものであり、後に小説集『春の音』（昭48 講談社刊）の中に収録されたが、他の作品に比べて遜色のないものだった。ところがそれから二十年間、桃子は父のことを中心に随筆類を書いただけだった。それだけの長い間、桃子は父の教えの通り「正直に自分の地金」をみがいて来た、と言えるだろう。父についての随筆を集めたものが前記『父廣津和郎』である。本書が出版された時、佐多稲子は「小説と同じ質の感銘」（昭48〈一九七三〉・4「群像」）と題して書評を書いた。――

「著者は、父に見られる自分を描いており、自分の、父に対する姿と心理とを描いている。そこにはこの父と娘の深い愛情と堪えがたい悲しみがあって、しかもそれは感情におぼれ込まずに書かれていて、従って一層読むものにリアルに伝わる。全体に『父廣津和郎』の感銘が小説のそれと同じ質であるのは、著者のこの態度によるものであろう。」

――というものである。

私は嘗て廣津和郎を論じた一文で、次のように書いたことがある。

「抑々《そもそも》廣津には文芸ジャンルに拘《こだ》わる気持が希薄だった。小説・評論・随筆の区別についても極めて自由なものがあった。右の「序」（昭26 文芸春秋新社版『小説同時代の作家たち』）

でも、創作と随筆の違いを認めながら、敢えて〃小説〃として一書にまとめた事情に言及している。確かに『あの時代』などは、評論としても随筆としても読まれ得るものであり（全集では第三巻小説の部に収録されている）、『志賀直哉論』『徳田秋聲論』といったいかめしい表題の評論も、人はその読後に極めて秀れた小説を読んだ時と同質の感銘を受けるに違いない。『松川裁判』など小説ではないが、人間探究の秀れた文芸書であることは間違いないのである。」（『評伝廣津和郎』'01　翰林書房刊　第七章）
このことは廣津和郎自身よく自覚していて、娘桃子に「おれは文学者以外の何者でもないが、どうも、小説家といったものではなさそうだよ」と言っていたという（「木洩れ陽の道」）。そしてそれは何らかの意味で廣津桃子にも当てはまるのである。
桃子が〃小説〃というものにとり組み始めたのは父が亡くなってからである（廣津和郎の死は昭43〈一九六八年〉9月21日）。その没後、文芸雑誌「群像」（昭43・12）で「特集・廣津和郎」を組み、作家批評家達の追悼文を並べた最後に、廣津桃子が「波の音」という一文を寄せている。これは勿論小説ではなく、父の思い出を綴ったものである。しかし私は、この一文から桃子は明らかに作家への道に踏み切ったと思う。

廣津桃子の小説はすべて「群像」に掲載されている。従って作品への批評も「群像」誌上のものが多い。その批評の方から、この遅く文壇に登場した桃子の作品を、文壇でどう評価したかを見てみよう。先ず「筆の跡」(昭和44・6、桃子51歳)。これは父の思い出を書いたものとしては「波の音」と変る所はない。しかしここにはその中心に〝劇〟が用意されていた。「私」(桃子、作中M)が父のアパートを訪ねる。父は原稿用紙を前にして呻吟しているらしく不機嫌である。娘に次から次へと用を言いつけ、しまいには帰れと言わんばかりのことを言う。

『帰ってもいいことよ』

と、私が答えた。そして、台所から書斎に戻ると、なにか言いかけようとした父の顔に眼を向けながら、私は、自分でも思いがけない言葉を、はっきりと言ったのである。

『お父さんは、優秀で魅力に富んでいらっしゃるけど、でも親という意味ではどういうことになるんだろう』

父は一瞬、私の顔を見、そして無言のまま下を向いた。」

少しあとで和解する。

「そして部屋にもどると、父の側に座った。

『……ああいうことは言うべきではありませんね。お父さん』

なにか相談事でもするように、低目の調子になっていた私の言葉に、父は一寸頭をふると、恐縮したように言ったのである。

『いや、どういたしまして』」

――こういうさりげない会話の妙は桃子の小説の身上である。しかし父の思い出を書いたものを「小説」とすることには、評者の間にもとまどいがあった。「筆の跡」の「創作合評」（昭44・7「群像」）を見る。評者は佐々木基一（S）、安岡章太郎（Y）、上田三四二（U）。
S　これは典型的な私小説というのかな。
Y　そんなことは絶対ない。私小説というよりこれは小説ではない。……随筆と小説とは別のものだよ。
U　小説という点ではりっぱな小説だと思います。
S　随筆的小説というのかな。

U　……回想記に近いものだと思いますけれども、それでいてこれはりっぱな小説だと思うんです。
次は「山の見える窓」（昭46・5「群像」）。この小説が秀作であることはどの評者も一致していて、「筆の跡」の時のようなとまどいはない。「創作合評」（昭46・6同）は、平野謙（H）、瀬戸内晴美（S）、（今一人小島信夫は省略）。評価の核心の所だけを断片的に引用してみる。
H　純然たる私小説といってもいい。この私小説は作者なりの心境小説といえる。
S　いい小説ですね。後味のいい小説です。広津さんの小説は大人の小説です。私は非常に感心して拝見しました。
H　文学になっていますね。
S　〈エピソードの〉はめこみ方がちゃんといい場所にはまり込んでいる。くろうとですね。

私は自分では私小説というものを卒業したいと思っているんですけれども、こういうものを読むとほんとうにいいもんだなと思って感動しました。
H　年齢のせいもありますけれども、心境の安定というところを目ざした作者の人知れない心の苦闘というものがあると思うんだな。だから安定している。
このH（平野謙）の評中「作者の人知れない心の苦闘」というのは、「静かな春」について桃子が述べた前記「断片」の、「時の流れが私の心にあたえてくれた〝ゆとり〟」に照応するだろう。ゆとりを得るまでには桃子自身の、父に対する思いの悪戦苦闘があった、ということだ。しかし何はともあれ、新進作家にとって、「くろうと」という評価は最高の賛辞であろう。

私としては、この「山の見える窓」では次の二つの描写に言及してみたい。一は、嘗て廣津兄妹が「小母さん」と呼んでいた人（「父の家の主婦」「その人」「彼女」）の臨終に桃子が立ち合うことになるまでの経緯。もうここには「その人」に対する「私」の側のわだかまりは消えてい、寧ろ「彼女」から信頼される人になっていた。そして「その人」の急死の状況がある感慨を以て、しかし冷静に描かれていた。「Mちゃん、苦しい」と言ったのが「その人」の最後の言葉だった、というのはまことに示唆的だった。

一は、この小説の最終場面。「私」とその母の住む湘南の家では、数多い故人たちの命日には、母が何か手料理を作って仏壇に供えることになっていた。明日ちらし寿しを作るからゆばを買ってくるように、と母に頼まれた「私」は、それが祥月命日ではないが「彼女の日」であることに気付く。故人たちの世話は自分が、と思い始めている「今の母」にとっては、誰であろうと問題ではないのであろう、と「私」は思う。

「『で、お花はいいの』

なんのためというでもなく、私は言った。

『庭の沈下丁花が盛りだから、あれにしましょう』

と、母が答えた。」

この小説のこのような終り方は、さすが評家に「くろうと」と言わしめたほどの余韻の絶妙さを示していた。兄賢樹が病死した時、弔問に訪れた「その人」を、母が絶対に許そうとしなかったことは、廣津桃子の「胡蝶蘭」（昭57・8「群像」）に描かれている。その時から二十年が経っていた。時が、この母にも〝ゆとり〟を与えたのであろう。

廣津和郎の「あの時代」（昭25・1～2「群像」）に、廣津が芥川龍之介に向かって「僕は自分の事を云ふと、家族の者が自分よりみんな弱いやうに思ふので、僕がみんなを見送つてやらなければならないと思つてゐるね……」と述べる所があるが、廣津家の中で最後に残ったのは桃子であり、桃子は、廣津・神山両家の祖父・祖母、兄賢樹、「小母さん」の松沢はま、父和郎、父と親しかった宇野浩二や志賀直哉、志賀に師事し、桃子とも親交のあった作家網野菊、そして九十一歳で世を去るまで桃子と住んだ母ふくを見送った（「胡蝶蘭」）。そして自らは誰に見とられることもなく、昭和六十三年（一九八八）十一月二十四日、鵠沼の自宅で急死した。七十歳だった。これで廣津家は断絶した。

多くの人を見送った廣津桃子の文学は、「窓」から網野菊の評伝『石蕗《つわ》の花』に至るまで、その文学の主題は一貫して「死」であり、見送った人々の死に至るまでの追憶を形象化したものであった。

〈追記〉書き残したことが二つある。一は廣津和郎がその晩年全力でとり組んだ松川裁判批判に対する桃子の姿勢。二は網野菊との関係を叙した『石蕗の花』について。この二主題については紙幅の都合で省略せざるを得なかった。他日を期したい。

注

1――「性格破産者」とは、良心や正義感はあるが、むしろその故に実行力や決断力を欠く知識青年に対する廣津和郎独自の命名である。ロシア文学の主題を受け継いだ二葉亭四迷の「余計者」、夏目漱石の「高等遊民」とも一脈相通ずるものがある。「神経病時代」の主人公鈴本定吉は、廣津和郎の描いた性格破産者の第一号である。
2――「桃子」は祖父廣津柳浪の命名。和郎の「波の上」、桃子の「祖父柳浪」（『定本廣津柳浪作品集』別巻、昭57　冬夏書房刊）参照。
3――廣津和郎に、松沢はま宛遺言状があり、法律上廣津家の者となし得なかったことを詫びている。神奈川近代文学館蔵。谷中霊園の廣津家墓地の墓誌には、廣津和郎の前に廣津はまの名が刻まれている。桃子の配慮であろう。

4――中央公論社版『廣津和郎全集』全13巻（昭和48～49）。
5――『明るみへ』（大8　新潮社刊）収録「静かな春」末尾の「作者附記」参照。
6――拙稿「広津家三代」（昭和57・12「國文鶴見」）参照。なお、山本容朗「文壇二世作家活躍の道筋」（'89・5・15「週刊読書人」）に文壇二世―主として女性―に関する考察がある。

書物往来

『続年月のあしあと』

'09・9・5　社会文学通信

僕が勤め先の鶴見大学を退任する時、文学部日本文学科の好意で『年月のあしあと』なる小冊子（全一〇四頁）を出して貰った。僕は大学を辞めて十年になるが、この間に書きためた短い文章を集めて里舘勇治氏の「港の人」から『続年月のあしあと』と題し出版した。
こちらの方は僕の好きな――釋迢空・夏目漱石・廣津和郎・佐多稲子（資料としての佐多稲子の僕宛書簡〈影印〉を含む）――という四人の作家論と、「雑纂」として「教育基本法改定問題」他三篇の短文を載せた（全一四〇頁）。この両者とも題字と装幀は書家の斎藤千鶴氏にお願いした。
最初の釋迢空は本名折口信夫――僕は慶応義塾大学で折口さんの講義を三年間聴いたが全く理解できなかった。しかし近代歌人としての釋迢空は、僕の中では茂吉以上の最高に位置付けられている。本書で引用した迢空の歌は
おしこらへて　火をおこすなり。えせ者のときめく時と　世をおなじくす
というもので、これなど今のえせ政治家を念頭に入れて読めば、思い半ばに過ぐるものがあろう。

夏目漱石は、明治の生んだ最高の英文学者でありながら、どうしてあのような小説家として生き得たのか。殊にも「三四郎」以下「明暗」まで――「三四郎」の美禰子、「それから」の三千代、「門」の御米、「行人」のお直、「明暗」のお延等々、これら魅力ある女性たちを描き続けられたのはなぜか。ここでは「それから」の三千代の言葉を挙げるに止めよう。それは主人公代助をして「脊中から水を被つた様に」顫えさせた「仕様がない。覚悟を極めませう」の一句である。この女の「覚悟」は本物であり、そこに人生的真実の驚

くべき姿がある。

廣津和郎と言えば誰しも松川裁判を思い出すだろう。松川裁判とは、一九四九（昭二四）八月一七日未明、奥羽本線上野行き列車が福島南の金谷川駅と松川駅の間で顚覆し、三人の乗務員が死亡殉職した松川事件に関わる裁判を指す。これは自然事故ではなく、何者かが線路の継目板を外し犬釘を抜くという人為的事故であった。犯人として逮捕された国鉄及び東芝関係の労働者はすべて冤罪だったのに拘らず、一審二審とも死刑数名を含む重罪判決を受けた。この奇怪な事件の前に、三島、庭坂、予讃線事件及び下山定則国鉄総裁惨死事件等々、鉄道に関する事件が次々に起っていた。而もこれらの事件が起る度に、政府筋はそれが共産党（員）によって起されたかの如き談話を発表し、一般国民に共産党の恐しさを印象付けるような宣伝をくり返した。無実の罪を背負い、獄中から自分達の冤罪を訴えた『真実は壁を通して』（月曜書房　一九五一）を読んだ廣津和郎は、直感的に被告達の無実を確信し、裁判資料を綿密に検討した上で裁判批判を開始した。雑誌『中央公論』に連載したその裁判批判は、極めて説得力のあるもので、それに対する反動的反論もあったが、今ではこの廣津和郎の裁判批判を疑う者はいない。一審二審で死刑判決を受けた本田昇元被告は、「廣津先生なしには、私達の命はなかった」（「ゆがんだレール」『朝日新聞』一九九四・九・一九）と述べている。

最後に佐多稲子であるが、残りの紙幅も尽きて来たので、佐多の処女作でもあり代表作でもある「キャラメル工場から」について、山田清三郎が書いた一文（『プロレタリア文学史』下）を引用するに止める。

「『キャラメル工場から』はしかしながら『プロレタリア芸術』にのった作品のなかでは、もっともすぐれたものの一つであった。生活の中からうみだされた作品の強さを、この作はかけ値なしにもっていた。自然発生的な『キャラメル工場から』が理論的にはもっとも『左翼』的に尖鋭だった『プロ芸』の機関誌にのった全作品の中で、いちばんすぐれたものであったのは、それじしん、『プロ芸』理論にたいするきびしい反批判でなければならない。」

佐藤信彦先生の思い出

'77・4　源流　1号

佐藤信彦先生がこの二月三日にお亡くなりになったという御家族の方からのお報らせに接した時、僕は言いようのない驚きと後悔の念を禁ずることができなかった。昨年夏に伺った時はまだまだお元気で、お顔色など生き生きとしておられた。その秋に今一度伺おうとすると今神経痛がひどいので、癒ったら来るように。その時は連絡するから見舞などには来てくれるな、という事であった。暮に頂いたおはがきは、しかしいつもの勢のよい達筆の面影がなく、妙に弱々しく感じられ、先生の神経痛もだいぶお悪いのか。しかし、神経痛ならお命に関わることもあるまい、と鈍感な僕はたかをくくってしまっていたのだ。そしてそのまま年を越したが、毎年元旦に頂ける筈のお年賀状がなかった。僕は少し心配になって来たが、奥様も二十年近くもリューマチでおやすみになったまま、お子様もいらっしゃらないでは、何かと御不自由であろうに、しかしそれだけに伺っては又却って御迷惑かと、遂にお見舞に伺う機を失ってしまった。今から考えると、御迷惑でも何でも、とにかく伺わねばならなかったのだと、もはやお目にかかることのできない先生の高雅な白髪の温顔を偲んでは、激しい後悔と悲しみの情にかきくれる他はなかった。

僕は予科の時から先生の教えを受けた。中学（旧制）を四年で出たばかりの僕は、源氏物語は平家物語と同種のものか位の、今の受験生などには到底想像もつかないような認識の持ち主であった。それで、先生の源氏を始めて伺った時の感動はとても言葉では言い表せないものだった。華麗な源氏の世界が、先生の典雅とも云える美しい現代語を通じて語られる時、僕らはただただ魂を魅せられたように聞き惚れているばかりであった。僕が本科で国文を選んだのは、先生の源氏に魅せられてのことであった。

予科、大学を通じての六年間は勿論、卒業してからも僕はちょくちょく九品仏の先生のお宅に伺った。先生のお話は西欧の文学から日本の古典、また近代文学と多様多岐に亙り、それがいつも新鮮な創見に充ちていた。そのお話を伺うことは僕の生きる一つの支え

であった。先生のお話の中には俗事は一切含まれなかった。清冽そのものとも云うべき印
象であった。

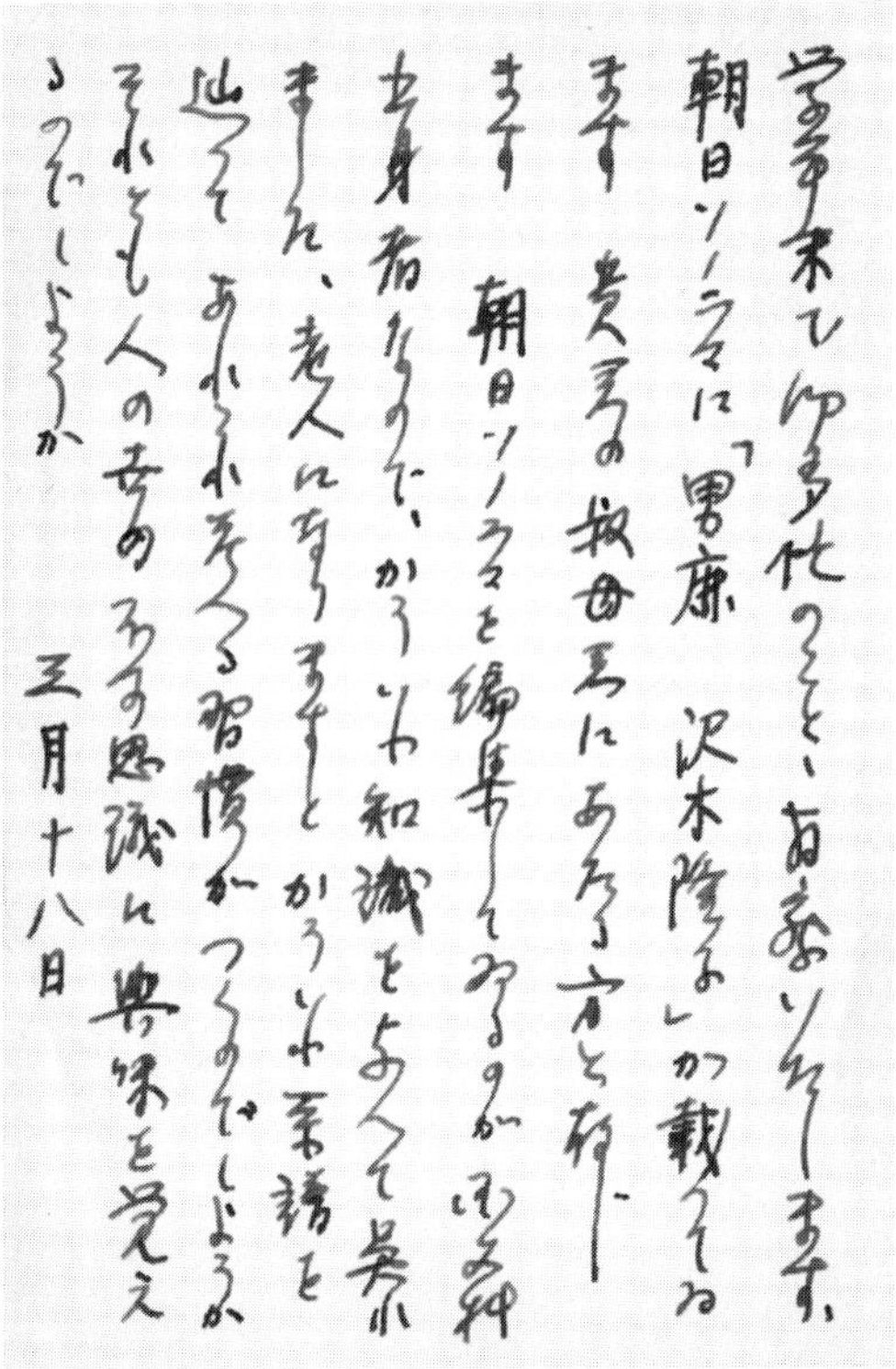
学業終了御多忙のこと、お察し致します、
朝日ソノラマに「男康 沢木隆子」が載つてゐ
ます 貴君の叔母君にあたる方と存じ
ます 朝日ソノラマを編集してゐるのが同郷
出身者なので、かういふ知識をよこして呉れ
ません、老人になりますと かういふ系譜を
辿つて あれこれ考へる習慣がつくのでしようか
それとも人の世の不思議に興味を覚え
るのでしようか
三月十八日

先生は、御自分の御病気を誰にも打ちあけられずに、たった一人であの世に行ってしまわれた。弔問に伺った時、美しい先生の姪の方から最後の御様子を伺って、僕は先生から人間の死に方を教わったような気がしたのである。

——一九七七年二月十五日——

先生のお墓は彦根の蓮華寺にある。僕が後にお参りした時、墓地は真白な雪に覆われていて、先生のお墓は綿帽子を冠って清らかに見えた。

坂本育雄（さかもといくお）
昭和三年（一九二八）東京に生まれる。
昭和二五年（一九五〇）九月　慶応義塾大学文学部文学科（国文学）卒業。
静岡県立富士宮高等学校、東京都立葛飾野高等学校、同文京高等学校、同駒場高等学校各教諭を経て、鶴見大学同大学院教授。この間横浜商科大学、白百合女子大学文学部、慶応義塾大学文学部講師（非）を勤める。

主要編著書

『廣津和郎論考』昭和六三年九月二一日、笠間書院
『夏目漱石』一九九二年一〇月、永田書房
『廣津和郎著作選集』一九九八年九月二一日、翰林書房
『年月のあしあと』一九九八年十一月十五日、鶴見大学
『評伝廣津和郎』二〇〇一年九月二一日、翰林書房
『廣津和郎研究』二〇〇六年九月二一日、翰林書房
『続 年月のあしあと』二〇〇八年九月二十一日、港の人

年月のあしあと㈢
二〇一〇年五月二十一日初版発行
著者　坂本育雄
発行者　今井　肇
発行　株式会社　翰林書房
東京都千代田区神田神保町一丁目十四番
〒101-0051／電話03-3294-0588／fax03-3294-0278
http://www.kanrin.co.jp
印刷製本　シナノ印刷

ISBN978-4-87737-300-9